울타리글벗문학마을

한국출판문화수호운동

따듯한 정으로

KB039877

	년	월	일
받으실 분			께
			드림

책의

힘

스마트폰 끊고
스마트북 사랑

스마트북 (1)

울타리

울타리글벗문학마을 편

도서출판 한글

투자의 귀재 워런 버핏은 독서로 하루를 시작하고 자기 전에도
독서로 마무리하였다고 한다. 그는 독서습관으로 자기관리를 하고
지혜를 쌓아 세계적인 고수가 되었다.

책 읽는 사람은 존경스럽다!

출판문화수호 무크지/스마트 북(창간호)

울타리

2021년 8월 20일 1판 1쇄 인쇄
2021년 8월 25일 1판 1쇄 발행
편   자 울타리글벗문학마을
기   획 이상열
편   집 김홍성 이병희 최용학 방효필
발 행 인 심혁창
주   간 현의섭
교   열 송재덕
디 자 인 박성덕
인   쇄 김영배
관   리 장연웅
마 케 팅 정기영
펴 낸 곳 도서출판 한글
우편 04116
서울특별시 마포구 신촌로 270(아현동) 수창빌딩 903호
☎ 02-363-0301 / FAX 362-8635
E-mail : simsazang@daum.net
창   업 1980. 2. 20.
이전신고 제2018-000182
* 파본은 교환해 드립니다.
* 정가 6,000원
* 국민은행(019-25-0007-151 도서출판한글 심혁창)
ISBN 97889-7073-592-4-12810

울타리 발행취지

정부에서 영화, 액션, 연극, 풍물, 탈춤 등에는 몇 억, 몇 천만 원 단위로 지원하지만 정작 문화예술의 근간인 '출판문화' 분야 보조는 몇 백만 원에 불과하다.

지금은 모든 사람이 절대 놓지 못하고 품고 다니는 것이 스마트 폰이다. 그것이 얼마나 소중한지 한 순간도 멀리 두지 못한다. 화장실에 갈 때도 밥을 먹을 때도 잘 때도 가방이든 어디든 가장 가깝게 둔다. 그러다 어느 때든 '딩동' 소리만 나면 민첩하게 반응한다. 누구는 샤워 중에 폰 소리가 나자 뛰쳐나가다 미끄러져 팔이 부러졌다고도 한다. 잠들기 전까지 들여다보고 눈뜨자마자 폰을 찾는다. 그야말로 폰신(God)이다.

외국 기자가 한국인은 모두가 스마트 폰 광이라고 했다. **어떻게 스마트폰을 사랑하듯 책도 사랑하게 할 수 있을까?** 이에 대하여 스마트 핸드북을 발행하여 사람들이 책을 가까이하게 하자는 의지로 '출판문화수호운동'을 펼치게 되었다.

"지금이 어느 시대인데 그런 책을 만드느냐? 차라리 낮잠이나 자라."고 하는 말을 듣기도 했다. 그러나 아무리 스마트폰에 빠진 사람이라도 핸드백이나 포켓에 스마트 북을 소지하면 읽게 될 것이고 책과 가까워질 것이라 믿고 감히 스마트 북 '울타리'를 펴낸다.

대포알도 작은 공이가 뇌관을 쳐야 터지듯. 이 작은 '울타리'가 출판문화수호에 기폭제가 되기를!

스마트폰은 많은 도움을 준다. 그러므로 그것을 거부할 수는 없다. 다만 이 잡학상식 '스마트 북' 「울타리」도 함께 품고 다니면 언젠가는 도움이 될 것이라는 확신이다.

참 이웃

부잣집에는 식구 세 사람에 방이 열다섯이 있어도 찾아든 거지가 하룻밤 쉬어 갈 구석이 없다. 그러나 가난한 놈의 단칸 방 오막살이에 일곱 식구가 살고 있어도 낯선 나그네가 찾아들면 쉴 자리가 있다.

진수성찬 풍성한 밥상에 앉아 웃어대면서 배부르게 먹으면서도 거리를 헤매는 사람들이 울고 슬퍼하는 소리나 그 울음소리에 귀를 기울이지 않을 뿐더러 그런 사람을 무시하고 책망한다면 그보다 더 악한 행위는 없을 것이다.

단지 한 조각 빵 때문에 누구든지 거짓말을 할 수도 있다. 그럴 때 그들을 불쌍히 여기는 것도 필요하지만 그 사람을 곧 굶주림으로부터 구하는 것이 더 중요하다. 만약 아무 것도 주고 싶지 않더라도 최소한 그를 모욕해서는 안 된다. 만약 물에 빠져 죽는 자를 구하고 싶지 않더라도 그를 더 깊은 곳으로 밀어 넣어서는 안 된다.

그러나 노략질을 업으로 삼는 자는 이와는 반대의 경향을 보인다. 남의 것을 노략질해 온 자는 자기 것을 남에게 생각 없이 주어 버린다.

　개가 강아지 때부터 육식으로 자라면 가축을 감시할 수 없게 된다. 그래서 포수는 그런 개는 죽여 버린다. 육식으로 자라난 개는 이윽고 그 때문에 굶어죽을 것이므로 성경에도 이렇게 씌어 있다.

　'자비를 베풀라. 그대의 모든 것은 맑고 깨끗하게 되리라고 주님께서 말씀하셨다.'라고.

　자비는 결코 부정에서는 나오지 못한다. 왜냐하면 그것은 이미 자비가 아니라 학대이며 비인간적이기 때문이다. 어쨌든 하나의 인간을 헐벗겨서 다른 인간에게 입혀 보았댔자 무슨 소득이 있는가? 자비란 긍휼에서 오는 것이다. 그 이외에 자비는 잔학의 일면이며 겁탈해 온 것을 남에게 나누어주는 것은 아무런 의미도 없다.

착한 남편 아내 지극 사랑

어느 병원장님 말씀

유난히 바쁜 어느 날 아침에 나는 보통날보다 일찍 출근을 했는데 80대의 노인이 엄지손가락 상처를 지료받기 위해 병원을 방문했습니다.

환자는 병원에 들어서자마자 9시 약속이 있어서 매우 바쁘다면서 상처를 치료해 달라며 병원장인 나를 다그쳤습니다. 나는 환자를 의자에 앉으라고 했고 아직 다른 의사들이 출근 전이라 어르신을 돌보려면 한 시간은 족히 걸릴 것 같다고 말씀드렸습니다. 하지만 그는 시계를 연신 들여다보며 안절부절못하고 초조해하는 모습이 너무 안타까워 보다 못해 직접 환자를 돌봐 드리기로 마음을 바꿨습니다.

내가 노신사의 상처를 치료하며 그와 나누었던 대화의 내용을 아래와 같이 소개합니다.

"그렇게 서두르시는 걸 보니 혹시 다른 병원에

또 진료 예약이라도 있으신가 보죠?"

노신사의 대답,

"아닙니다, 원장님! 그게 아니고 요양원에 수용되어 있는 제 아내와 아침식사를 매일 같이 해야 하기 때문입니다."

내가 다시 노신사에게 물었습니다.

"부인의 건강 상태가 어떠신데요?"

"예, 부끄럽기 짝이 없는 말씀이지만 제 아내가 알츠하이머(치매) 병에 걸려 요양원 신세를 지고 있습니다."

나는 노신사에게 다시 "어르신께서 약속시간이 조금이라도 늦으시면 부인께서 많이 언짢아하시나 보죠?"

"아닙니다, 원장님! 아내는 남편인 나를 전혀 알아보지 못한 지 벌써 7년이 넘었습니다."

나는 깜짝 놀라 다시 물었습니다.

"부인께서는 선생님을 알아보지 못하는데도 매일 아침마다 정해진 시간에 요양원에 가셔서 아내와 아침 식사를 같이 하신다는 말씀입니까?"

노신사는 인자仁慈하면서도 부드러운 얼굴로 미소를 지으면서 내 손을 살며시 잡고 조용히 속삭이듯 말

했습니다.

"아내는 남편인 나를 몰라보지만, 나는 아직, 아내를 알아보거든요. 원장님!"

나는 그 노신사를 통해 사랑의 참된 모습, 진실한 사랑을 발견하고 참 사랑을 배울 수 있다는 기쁨에 내 양 팔뚝을 비롯, 전신에서는 소름이 돋았습니다.

진정한 사랑이란 육체적인 것도 아니지만 로맨틱한 것도 아니라는 것을 가르쳐 주었습니다. 참다운 사랑이란 어떤 것인가를 그대로 보여준 노신사의 고귀한 사례입니다. 노신사를 통하여 사랑이란 받는 것이 아니라 사랑은 철저히 주는 것이라는 사실을 새삼 느끼게 하는 귀중한 대목입니다. 우리는 살아가면서 경험하는 중요한 대목이 생각납니다.

'그때 그렇게 했으면 참 좋았을 텐데. 내가 조금만 더 이해하고 조금만 더 사랑했더라면 좋았을 텐데'라는 후회 말입니다. 우리는 살아가면서 소중한 '때'를 놓치고 난 뒤 그때가 지나면 처절한 후회만이 남는 법입니다. 이 광활한 우주가 한 치의 오차도 없이 회전하고 있는 근원의 밑바탕에는 그분의 사랑이 잠재되어 있기

때문입니다. 오직 사랑이 세상을 움직입니다. 사랑만이 우리가 살아갈 수 있는 힘의 원동력이라는 사실을 잊지 않으면 좋겠습니다.

하나님!
오늘 하루도 저의 마음
깊은 곳에 이웃을 향한 이해와
따뜻한 동정심을 갖는

선한 마음 바탕을 갖도록 하옵소서!
내 이웃을 미워하거나
노여워하지 않게 하시고
받는 것보다 내가 주고자 하는

마음만 가지고 살아가게 하옵소서.
오늘 하루 동안
제가 만나는 모든 사람들에게
참된 향기를 나타내게 하시고
만나는 사람마다 정다운 말씨와
미소로 대하게 하옵소서.

오늘 하루도 마음에 상처받은
이웃들을 못 본 체 지나치거나
도움이 필요한 이웃을
외면하지 않고
사랑을 실천하게 하옵소서.

오늘 하루도 사랑이 필요한
가장 가까운 사람에게
따뜻한 마음과 행동으로
사랑을 나누시는
행복한 하루가 되길
기도합니다.

어느 노부부의 결혼기념일

 작은 방에 가로누워 있는 빈곤의 그림자는 노부부의 삶 위에 누운 지가 오래인 듯합니다.

자식들 출가시키고 나니 부부에게 남은 건 녹슨 뼈마디와 가난이 덕지덕지 붙은 하루가 다였으니까요. 늘어나는 나이 따라 쌓여가는 약봉지들을 바라보는 노부부의 하루는 고달프지만 그래도 부모로서 해야 할 의무를 다한 것만으로 이불삼아 식어버린 냉방의 온기를 대신하고 있습니다.

아들들이 큰 회사에 다니고 있어서 주민 센터에서 주는 생활보장 대상자로도 지정받지 못한 노부부 앞에 놓인 돈은 한 달에 사십만 원이 전부. 월세를 내고 난 삼십만 원으로 이것저것 떼고 나면 이십여 만 원이 전부랍니다. 젊은 자식들은 늙음이 보이지 않아 힘들다며 일 년에 한번 얼굴조차도 보여주지 않습니다. 손등에 끼는 먼지뿐인 삶 앞에 노부부가 기댈 수 있는 거라곤 서로에게 위안 받고 가슴으로 언 손 녹이며 사는 것밖엔 없다고 합니다. 눈물로 건너는 이 세상에서 거동이 불편한 할머니 대신 할아버지는 아침이 밝기 전에 손수레를 끌고 새벽길로 나갑니다.

"할아버지, 우리도 장사가 안 되어 박스를 많이 못 모아 드려 죄송해요."

슈퍼 아줌마의 겸손한 소리에,

"아녀요, 아녀요. 이거라도 고맙습니다."

새벽 거리에서 친구가 된 환경미화원 김씨랑 신문 배달하는 중학생과 정다운 인사를 나누며 희망이란 반주에 맞춰 집으로 와서는 할머니 아침 식사를 챙겨드리고 다시 거리를 헤매 돌다 점심때가 되면 다시 식사 챙기러 왔다가 어스름이 내려앉은 저녁이 되어서야 힘겨운 하루를 마감하고 자기 그림자를 꼭 껴안고 기다리는 아내가 있는 집으로 돌아온답니다. 땡볕에 그을린 천오백 원을 들고서!

할아버지는 눈물 자국 따라 집으로 올 땐 꼭 사 들고 오는 게 있는데 할머니가 좋아하는 붕어빵이랍니다. 돈이 없어 오백 원에 한 개인 붕어빵을 사 와서는 차가운 달빛을 베갯머리에 이고 누워 있는 아내에게,

"할멈, 내가 생선 한 마리 구워 왔어. 꼬리부터 줄까? 머리부터 줄까?"

머리에 하얀 분칠을 한 백발 할머니 입에 붕어빵을 발라서 넣어줍니다. 문풍지에 머물던 바람이 밀어 그네를 타는 20촉짜리 백열등 아래에서 붕어빵 하나에 들어 있는 사랑의 온기로 버틴 할머니의 움푹 팬 광대뼈엔 행복과 눈물이 맺혀지고. 모두가 사라지는 것만은 아닌 것 같습니다. 아름다운 황혼이 와도 사랑의 꽃은 지지 않으니까요. 놀고 있는 햇살이 아까워서인지 그 햇살로 할머니

머리를 감기고는 휠체어에 태워 든든한 하늘이 놓아준 길을 따라 가고 있는 할아버지께 어디를 가시나 물었더니.

"우리 할멈이랑 오늘 외식하러 가."

목이 쉰 겨울이 지난 자릴 더듬어 나뭇잎만 한 행복을 얼굴에 매달고는 할아버지와 할머니가 도착한 곳은 붕어빵을 굽는 포장마차 앞입니다. 지나는 바람이 물어 봅니다.

"할아버지, 할머니랑 외식한다는 곳이 여기예요?"

"그려, 일 년 만의 외식인걸."

하며 슬픔과 작별이라도 한 듯 하얀 웃음꽃을 매달고는 할머니에게 한마디 건넵니다.

"임자, 많이 먹어."

"영감도 많이 드세요."

이 세상에서 가장 늦게까지 잡고 있고 싶었던 서로의 손을 꼭 잡고 할아버지도 벌써 두 마리를 잡숫고 계십니다. 그런 할아버지를 바라보는 할머니는 알고 있습니다.

"오늘이 결혼기념일이란 걸……."

* 이 글은 지난해 늦가을 어떤 분이 모 신문사의 단편소설 당선작을 간추려 옮겼다고 카카오 톡에 올린 글이 너무 아름답고 가슴 저려서 여기에 옮겼습니다. 원작 작가님과 패러디하신 선생님의 양해를 바랍니다. 〈편집자〉

내 길의 한 줄기 빛

「재단법인 광일희영장학회」
성봉聖峯 이만영李萬寧 회장

자료제공 안승준

조용희 명예회장과 이만영 회장
(뒤:조용걸 사장, 이대무 부사장)

사원들한테 금메달을 받은 회장님

이만영 회장은 주식회사 광일 사장이시며 교회장로로「재단법인 광일희영장학회」회장으로 큰 족적을 남기시었다. 사원복지를 위하여 모든 것을 바치고 사랑으로 베푸신 공로를 사원들이 존경하여 금메달을 만들어 목에 걸어드리던 날 이만영 사장님은 이렇게 말했다.

"금메달은 올림픽 경기에서나 받는 최고 영예로운 상이라 평소 귀한 것으로 알았는데 감히 제가 금메달을 받을 줄은 미처 상상도 못했습니다. 회사 안에서는 책임자의 위치에 있기 때문에 상을 주기만 하고 받을 기회는 없는 것이 사실입니다.

금년 4월 회사 창립 20주년 기념일을 맞아 예년과 다름없이 사원들과 사내 행사로 유공 사원 공로 표창과 10년 근속자, 5년 근속자들에게 각각 공로 표창과 상품을 주었습니다. 그런데 전례 없는 순서로 100여 명 사원들의 정성이 담긴 금메달과 사은패를 종업원 일동이 사장인 저에게 주어 종업원들 앞에서 받은 것은 큰 기쁨이었습니다. 국가로부터 받은 최고 훈장인 국민훈장을 받는 것보다 이 세상 누구에게 받는 상보다 더 귀하고 흐뭇한 감동을 받았습니다. 이 귀중한 금메달은 전 종업원의 뜻과 정성이 담긴 것이니 오래오래 간직하고 기념하겠습니다."

이렇게 사원들의 존경과 사랑을 받으신 이만영 사장님은 1935년 8월 18일 경북 상주군 은척면 남곡리 396 번지에서 이병은 씨와 김교임 씨의 장남으로 출생하였다.

1962년 11월 13일 옥천군 안내면 정방교회에서 결혼식을 올리고, 정구석 씨와 이엽춘 씨의 6녀 정희영(도림교회 은퇴권사)와 결혼, 슬하에 1남 2녀를 두었다. 장남 이대무 씨는 (주)광일 부사장으로 있다.

재단법인 광일희영장학회 설립 취지문

우리나라 산업발전 초창기인 1966년에 주식회사 '광일'을 설립, 식품소재 산업육성을 통해 국민 건강증진에 평생을 바쳐온 조용희 명예 회장과 이만영 회장 양인은 지속적 투자와 연구개발을 통해 수입품이 주종을 이루던 식품소재 국산화에 전심전력을 다하여 「주식회사 광일」을 이

분야의 선도 기업으로 성장시켜 왔습니다. 그동안 어려운 환경 속에서도 회사를 안정적으로 확장시키는 데 주변과 사회의 많은 도움이 있었음을 기억하며 그에 대한 보답을 생각하고 있었는데 평소에 많은 관심과 애정을 가지고 회사 내 임직원 자녀를 중심으로 시행해 오던 장학 사업을 체계를 갖추어 본격화하는 것이 좋겠다는 결심을 하게 되었습니다.

이에 기업 이윤의 사회 환원과 애향심을 적게나마 실천하는 차원에서 경상북도 문경시와 상주시 관내 대학과 고등학교에 재학하고 있는 학생 중 가정 형편의 어려움에도 올바른 덕성을 갖추고 학업성적이 우수한 고향 후진들을 대상으로 장학금을 지원하는 「재단법인 광일 회영 장학회」를 설립하기로 하였습니다.

지난 40여 년간 주식회사 광일 자체 장학 사업으로 매년 수천만 원에서 일억 원 내외, 도합 이십 억 원의 장학금을 지급하여 인재양성의 기반을 닦아오고 있었는데 이 바탕 위에서 장차 본 재단이 공익사업의 영역을 더욱 확충하여 학술진흥 등에 이바지하고, 인재육성의 요람으로도 자리매김할 수 있도록 우리의 후손들과 「주식회사 광일」의 지속적인 지원과 협력을 당부하며 본 장학회를 통해 배출되는 인재들이 지역을 넘어 우리나라의 자랑과 보배가 될 수 있기를 기대하는 바입니다.

2010년 12월 공동출연 설립자

명예이사장 조용희(趙容熙), 이사장 이만영(李萬寧)

(보도자료 「재단법인 광일회영장학회」, 2011.

(주) 광일 희영 장학회 연도별 장학금 지급 내역

1976년부터 2021년까지 장학금 지급총액

초등학생	8명
중학생	487명
고등학생	751명
대학생	644명
총	1,890명
장학금지급 총액 2,463,802,560원	

미래로 뻗어가는 「광일」

무에서부터 시작했던 '주식회사 광일'이 이 땅 역사의 무대 위에서 견고한 광일 체제를 구축하여 확고한 기반을 마련하고 이를 바탕으로 사람을 대우하는 경영 방침을 통해 산업의 예술품으로서의 광일의 역사를 만들어 나갔던 그 모든 과정들은 결과적으로는 광일의 이름으로 해외로 뻗어 나가는 한 편의 드라마였다고 할 수 있다.

그러나 그와 함께 병행된 광일의 역사는 또 다른 차원으로 미래로 뻗어 나아가는 과정의 역사였다. 이는 일찍부터 주식회사 광일이 자녀들의 학자금을 지원해주기 시작하는 데서 비롯되었다. 물론 이때부터 주식회사 광일이 미래로 뻗어 나아갈 것을 생각하고 자녀들의 학업을 도운 것은 아니었다. 이는 전적으로 사원들의 최소한의 생활을 보장하겠다는 원칙에 입각한 작은 실천이었다. 이러한 배려의 경영 방침은 점차 부풀어 광일의 미래만이 아닌 광일의 서 있는 자리를 포괄하는 전체적인 차원에서의 미래를 향해 뻗어가는 본격적인 사업으로 발전하였다.

재단법인 광일희영장학회」

명칭 제정의 배경은 본 장학회 공동 설립자의 온갖 정성과 애정의 산물인 주식회사 광일의 광일과 정재淨財를 기꺼이 공동출연하신 조용희 주식회사 광일 명예회장(이사)의 함자銜字 중 熙와 이만영 주식회사 광일 대표이사 회장의 함자銜字 중 寧을 합쳐서 재단법인 광일희영장학회財團法人 光 熙寧獎學會라 명칭을 정하였다.

구체적인 장학 사업은 지금까지 제1기에서 금년 제11기로 이어지는 장학증서 수여식을 통해 「재단법인 광일희영장학회」의 업적을 확인할 수 있다.

(고교생 184명 165백만 원, 대학생 69명 165백만 원, 연인원 253명에 330백만 원 지급)

당시 이만영 회장이 했던 기념사를 요약하면 다음과 같다.

"우리는 개인적인 명예나 공로를 얻고자 하는 생각에서가 아니라 고향의 미래를 짊어지고 나아갈 청소년들이 적어도 넉넉하지 못한 가정 형편으로 겪게 될 학업 정진의 어려움을 다소나마 덜어주기 위한 소망에서 본 장학재단을 창립하게 되었습니다. 이 자리에 함께하신 여러분께서는 우리 마음을 혜량해 주시고 앞으로 본 장학회가 지속적인 발전을 이룩할 수 있도록 축복해 주시고 지도편달도 아울러 부탁드립니다. 본 장학재단의 출발은 미약합니다. 그러나 존경하는 문경시민, 상주시민 여러분께서 애향심으로 도와주시면 광일희영장학생들이 거목과 같은 인재로 성장하여 지역과 국가 사회발전에 크게 공헌하게 될 것입니다. 오늘 첫 번째 광일희영장학금을 수혜한 학생 여러분도 자긍심을 가지고 학업에 전념하여 가정과 지역 사회의 기대에 부응하는 큰 사람으로 성장하시길 바랍니다.

내 길의 한 줄기 빛

위의 기념사를 통해 「재단법인 광일희영장학회」의 의미를 알 수 있다.

첫째 「재단법인 광일희영장학회」는 공익사업을 목적으로 한다는 점을 확실히 한다.

둘째 「재단법인 광일희영장학회」는 개인적인 명예나 공로를 얻고자 함이 아니라 고향의 미래를 짊어지고 나갈 청소년들이 적어도 넉넉하지 못한 가정 형편

으로 겪게 될 학업 정진의 어려움을 다소나마 덜어
주기 위한 의도에서 시작되었다.

셋째 「재단법인 광일희영장학회」는 주식회사 광일 역사
45년의 세월을 거쳐 준비된 여정을 통해 잉태되었
다는 점이 중요하다. 그러한 마음들이 구체적으로
실현된 오랜 역사가 축적된 자리에서 「재단법인 광
일희영장학회」가 설립된 기관이다.

넷째 「재단법인 광일희영장학회」를 통해 장학금을 수여
받은 청소년들이 거목과 같은 인재로 성장하여 지
역은 물론 국가 사회 발전에 크게 공헌하게 될 것
이라는 기대를 확실하게 하고 있다.

다섯째 특히 문경, 상주 지역뿐 아니라 피폐해져 가는 한
국 농촌의 미래를 발전시키는 계기가 되기를 바라
는 마음으로 전개되었다. 이를 통해 「재단법인 광
일희영장학회」가 주식회사 광일의 미래로 뻗어나
가는 통로라는 사실을 확인할 수 있다.

이만영 회장 어록과 약력

* 지금 당신은 길을 못 찾아 방황하는 것이 아니라 그 길 위에서 열심히 걷고 있는 것이다. 하루하루 묵묵히 성실하게 걷다 보면 어느새 목적지에 다다른 자신을 발견할 것이다.

* 가문은 그 집안의 생활 습관에서 얻어진 기본적인 자세와 각자가 지니고 있는 품격이기 때문에 우리는 가문을 중요시하고 뿌리를 찾아야 된다. 조상의 순백한 얼을 찾는다는 것은 내 것을 찾아 더욱더 집안을 발전시켜 나가자는 데 그 의미가 있으며, 현재로서만 존재 이유가 있는 것이 아니라 역사 속에서 나를 찾고 내일의 기대 속에서 한번쯤은 나의 존재 가치를 찾아야 한다.

* 2018년 5월 17일 향년 83세로 영면(도림교회 장로)

* 장지 : 문경군 가은읍 왕능리 선영 하

* 1985년 국민훈장 석류장 수상

* 2012년 300만 불 수출탑 수상

* 국세청장상, 상공부장관상

* 충남도지사상, 서울시장상 등 수상

안승준(시인. 전 주식회사 광일 직원)

김소월 편

김소월(金素月), 본명은 정식(廷湜, 1902-1934)
평북 구성 출생.
1920년(18세) 『창조』에
'낭인의 봄'으로 등단.
일본 유학 중 관동대지진으로 도쿄
상과대학 중단.
귀국, 조부의 광산 경영을 돕다가
망하여 동아일보
  지국 경영하다 일제의 방해로 폐업.
  극도의 빈곤으로 술에 젖어 번뇌하다 1934년 12월 24
일 뇌일혈로 사망, 암울한 일제 통치하 32세에 생 마감. 한
(恨)의 여성적 감성으로 많은 서정시 남김.

  금잔디, 엄마야 누나야, 진달래꽃, 강촌, 왕십
리, 산유화 등이 있는데 특히 초혼, 진달래꽃, 산유
화가 애송시로 유명.

  1904년 김소월이 세 살 때 아버지 김성도가 일
본인들에게 폭행당해 정신이상자가 되는 사건발생,
이후 광산을 운영하던 조부 집으로 이사하여 성장.
남산 보통학교를 졸업하고 1915년 평북 정주의 오
산학교로

진학, 오산학교 때 3살 위의 '오순'을 알게 되어 둘은 서로 의지하고 상처를 보듬어주며 사랑했으나 지극히 짧은 꿈이었다.

오산학교 재학 중 1916년 14세 때 할아버지 친구의 손녀 홍단실과 강제결혼, 오순도 19세에 타인과 억지결혼, 그 후 둘은 헤어졌으나 소월은 어려서 자기 아픔을 보듬어주던 오순을 잊지 못함.

오순은 실혼 3년 후 의처증이 심한 남편에 맞아 사망, 소월은 곡하는 마음으로 오순의 장례식에 참석하여 사랑을 그리며 피를 토하는 심정으로 한편의 시를 헌사. 교과서에도 실린 '초혼招魂'이다.

초혼

산산이 부서진 이름이여
허공중에 헤어진 이름이여
불러도 주인 없는 이름이여
부르다가 내가 죽을 이름이여
심중에 남아 있는 말 한 마디는
끝끝내 마저 하지 못하였구나

사랑하던 그 사람이여
사랑하던 그 사람이여
붉은 해가 서산마루에 걸리었다
사슴의 무리도 슬피 운다
떨어져 나가 앉은 산위에서

나는 그대의 이름을 부르노라
설움에 겹도록 부르노라
설움에 겹도록 부르노라
부르는 소리는 비껴가지만
하늘과 땅 사이가 너무 넓구나

선 채로 이 자리에 돌이 되어도
부르다가 내가 죽을 이름이여

사랑하던 그 사람이여
사랑하던 그 사람이여.

* 초혼招魂은 사람이 죽었을 때 그 혼을 소리쳐 부름.

소월은 사랑하는 이를 떠나보낸 절망감으로
격정적인 시를 많이 남겼다.

진달래꽃

나 보기가 역겨워
가실 때에는
말없이 고이 보내 드리오리다

영변寧邊에 약산藥山
진달래꽃
아름 따다 가실 길에 뿌리오리다

가시는 걸음걸음
놓인 그 꽃을
사뿐히 즈려 밟고 가시옵소서

나 보기가 역겨워
가실 때에는
죽어도 아니 눈물 흘리오리다

못 잊어 생각이 나겠지요
그런 대로 한 세상 지내시구려
사노라면 잊힐 날 있으오리다

못 잊어 생각이 나겠어요
그런 대로 세월만 가라시구려
못 잊어도 더러는 잊히오리다

그러나 또 한껏 이렇지요
그리워 살뜰히 못 잊는데
어쩌면 생각이 나겠지요?

산유화

산에는 꽃 피네
꽃이 피네

갈 봄 여름 없이 꽃이 피네
산에 산에 피는 꽃은 저만치
혼자서 피어 있네

산에서 우는 새여
꽃이 좋아 산에서 사노라네
산에는 꽃 지네 꽃이 지네
갈 봄 여름 없이 꽃이 지네.

개여울

　당신은 무슨 일로 그리 합니까
　홀로이 개여울에 주저앉아서
　파릇한 풀포기가 돋아나오고
　잔물이 봄바람에 헤적일 때에

　가도 아주 가지는 않노라시던
　그러한 약속이 있었겠지요
　날마다 개여울에 나와 앉아서
　하염없이 무엇을 생각합니다

　가도 아주 가지는 않노라심은
　굳이 잊지 말라는 부탁인지요
　가도 아주 가지는 않노라시던
　그러한 약속이 있었겠지요

　날마다 개여울에 나와 앉아서
　하염없이 무엇을 생각합니다
　가도 아주 가지는 않노라심은
　굳이 잊지 말라는 부탁인지요

예전엔 미처 몰랐어요

　봄가을 없이 밤마다 돋는 달도
　'예전엔 미처 몰랐어요'

　이렇게 사무치게 그리울 줄도
　'예전엔 미처 몰랐어요'
　　달이 암만 밝아도 쳐다볼 줄은

'예전엔 미처 몰랐어요'

이제금 저 달이 설움인 줄은
'예전엔 미처 몰랐어요.'

먼 후일

먼 훗날 당신이 찾으시면
그때에 내 말이 '잊었노라'

당신이 속으로 나무라면

'무척 그리다가 잊었노라'

그래도 당신이 나무라면
'믿기지 않아서 잊었노라'

오늘도 어제도 아니 잊고
먼 훗날 그때에 '잊었노라'

첫 치마

봄은 가나니

저문 날에 꽃은 지나니
저문 봄에 속없이 우나니
지는 꽃을 속없이 느끼나니

가는 봄을 해 다 지고
저문 봄에 허리에도 감은

첫 치마를
눈물로 함빡이 쥐어짜며
속없이 우노나

지는 꽃을 속없이 느끼노나
가는 봄을.

가는 길

그립다 말을 할까 하니 그리워
그냥 갈까 그래도 다시 한 번 그리워

저 산山에도 까마귀
들에 까마귀
서산西山에는 해 진다고
지저귑니다

앞 강물 뒤 강물 흐르는 물은
어서 따라 오라고 따라 가자고
흘러도 연달아 흐릅디다려.

봄바람 바람아

봄에 부는 바람아
산에, 들에, 불고 가는 바람아
돌고 돌아 – 다시 이곳

조선 사람에 한 사람인
나의 염통을 불어준다

오 – 바람아 봄바람아
봄에 봄에 불고 가는 바람아
쨍쨍히 비치는 햇빛을 따라
인제 얼마 있으면?
인제 얼마 있으면 오지
꽃도 피겠지?
복숭아도 피겠지?
살구꽃도 피겠지!

무덤

그 누가
나를 헤내는 부르는 소리

그림자 가득한 언덕으로
여기저기, 그 누가
나를 헤내는 부르는 소리
부르는 소리, 부르는 소리

내 넋을 잡아끌어 헤내는
부르는 소리 –

〈편집부〉

시조시인 황진이와 화담

황진이는 조선 시대 기녀 중 이름난 인물. '서경덕', '박연 폭포'와 함께 송도 (개성)를 대표하는 '송도삼절'의 하나로 꼽힐 정도. 황진이는 스스로 기녀가 된 여성.

청산리 벽계수야 수이 감을 자랑 마라
일도창해하면 돌아오기 어려우니
명월이 만공산한데 쉬어 간들 어떠하리

위의 시조는 황진이를 대표하는 시조이다. 벽계수라는 왕족의 건달이 황진이를 사모하여 접근을 하였는데 황진이 또한 그 사나이를 꾈 때 지은 시조라고 한다.

벽계수의 본명은 이종숙李淙淑. 세종대왕의 17번째 아들 영해군의 손자이다. 영해군의 아들 길안 도정 이의李義의 셋째 아들이며 세종대왕의 증손자가 된다.

우리나라 역사에서 가장 유명한 시인 기생이라면 단연 황진이를 꼽지 않을 수 없다. 보름달같이 환한 미모에 꾀꼬리 같은 목소리.

황진이가 누각에 앉아 가야금을 뜯으며 노래를 부르면 재잘대던 산새들도 소리를 멈추고 황진이의 노랫소리와 가야금의 곡조에 귀를 기울였다고 했다.

황진이의 어머니는 진현금이었는데 진현금이 어느 따뜻한 봄날 빨래터에서 빨래를 하는데 지나가던 황진사의 아들이 진현금의 미모에 반해 정을 통하여 낳은 자식이 서녀庶女 황진이다.

그녀의 본명은 진. 일명 진랑眞娘, 기명은 명월이며 조선 중기 개성(송도)의 명기名妓로 당대 최고라 했다. 절세미인 황진이는 홀어머니 슬하에서 자랐지만 양반집 딸 못지않게 갖가지 교육을 받았고 학문과 예의범절에도 뛰어났다고 하는데 8세 때에 천자문을 통달할 정도로 총기가 있어 10세 때에 '벌' 한시漢詩를 짓고 고전古傳을 읽었다. 기적에 입문 후에는 서화書畵와 가야금에도 출중한 기량을 발휘하여 당대 최고의 인물이 되었다.

기생의 길을 가게 된 사연은 이러했다. 15세 때 그 동네에서 황진이를 연모하던 한 청년이 있었는데 속마음을 고백하지 못하고 짝사랑으로 속앓이를 하다가 그만 상사병이 들어서 사경을 헤매고 있을 때 그 청년의 어미가 황진이의 어미를 찾아와 단 한 번만이라도 만나게 해 주면 자식을 살릴 수가 있을 것이라고 하소연하였지만 극히 섭섭하게도 냉정히 거절을 당하였고 그 청년은 못내 한을 품고 세상을 뜨고 말았다.

그 사실을 까맣게 모르고 있던 황진이는 어느 날 집에서 글을 읽고 있는데 그 집 앞을 지나가던 상여가 문 앞에서 한 발짝도 움직이지 않고 뗑그랑 ~뗑 뗑그랑 ~뗑 상여의 종소리만 요란하게 울리고 있었다. 그래서 사실을 알아본즉 자신을 짝사랑하다 죽은 청년이 한이 맺혀 못 가는 것을 알고 황진이는 소복으로 갈아입고 밖으로 나아가 자신의 치마를 벗어서 관을 덮어 주고 아주 슬프고 애절하게 곡을 해주니 그제야 상여가 움직였다고 했다.

이러한 일이 있은 후 황진이는 자기를 연모하는 남정네들이 많은 것을 알고 그들에게 죽음을 몰아줄 수는 없는 일이라고 생각하고 기생이 될 것을 결심하게 되었는데 그래서 자신의 자유분방한 성격대로 기적妓籍에 이름을 올리고 그 당시 수도였던 개경의 많은 선비와 학자들과 정을 통하고 교제를 하였던 것이다.

황진이와 가깝게 교제한 사람은 많으나 대표적인 인물이 벽계수碧溪水와 지족암에서 30년을 수도한 지족선사知足禪師였다. 그리고 화담 서경덕徐敬德이었다.

황진이는 벽계수를 넘어트린 여세를 몰아 이번에는 지족선사를 찾아갔다. 황진이가 지족선사에게 넙죽 절하며 제자로서 수도하기를 청하였으나 선사는 여자를 가까이하고 싶지 않다고 일언지하에 거절하였다. 황진이는 하는 수 없이 그냥 돌아올 수밖에 없었다. 하지만 그냥 물러설 황진이가 아니었다. 두 번째 찾을 때는 꾀를 내어 변복을 하였다.

황진이는 소복단장 청춘과부의 복색을 하고 지족암을 다시 찾아갔다. 그리고는 죽은 남편을 위하여 백일 불공을 드리러 왔다고 거짓말을 하였다.

황진이는 지족선사가 있는 바로 옆방에 거처를 정하고 매일 밤 축원문을 지어서 아주 청아한 목청으로 천사와 같이 불공 축원을 하였다. 처음에는 아랑곳 아니 하던 선사는 매일 낮이면 농익은 여인의 소복한 아름다운 자태에 눈이 어두워지고 밤이면 그 아름다운 목소리에 마음이 흔들리기 시작하였다. 은은한 불빛에 비치는 농익은 여인의 실루엣과 밤만 되면 임 그리워 잠 못 이루는 애끓는 여인의 몸부림에 지족선사는 어찌할 수 없이 욕망이 솟구쳐 무너지고 말았다.

황진이는 능란한 수법으로 결국 지족선사를 파계시키고 말았다. 20년을 수도하고 10년을 공부한 시족선사. 그래서 그때부터 속담에 '십 년 공부 나무아미타불'이란 말이 나오게 되었다고 한다.

황진이를 승복시킨 화담

세상 남자들은 황진이가 앞에 나타나면 모두가 넋을 잃을 정도로 그 아름다운 자태와 미모에 반하여 오금을 못 폈는데 오직 한 사람 서경덕만은 꼬장꼬장한 성격으로 한밤중 단둘이 동침을 하면서도 사내의 지조를 지켰다.

화담 서경덕徐敬德(1489~1546)은 대학자였다. 그는 당시 과거에 급제하고도 부패한 조정에 염증을 느껴 벼슬을 마다하고 일생을 학문 정진에만 힘썼던 은둔 거사이자 대학자였다.

집은 극히 가난하여 며칠 동안 굶주려도 태연자약하였으

며 오로지 도학에만 전념하며 제자들의 학문이 일취월장하는 것을 볼 때 매우 기뻐했다고 했다. 평생을 산속에 은거하며 살았으며 세상에 대한 뜻이 없는 것처럼 보이는 듯했지만 정치가 도를 넘게 타락하거나 정도에 어긋나면 개탄을 금치 못하고 임금께 상소를 올려 잘못된 정치를 비판하곤 하였다.

이 서경덕이 바로 송도 부근의 성거산聖居山에 은둔하고 있을 때였다. 자연히 그의 인물됨이 인근 개성에 자자하게 소문이 났고 그 소문을 황진이도 들었다.

벽계수를 무너뜨린 기세를 몰아 황진이는 서경덕에게도 도전을 결심했다. 그래서 기생으로서 많은 선비들에게 썼던 수법을 그대로 서경덕에게도 쓰기로 했다.

어느 날 하루 종일 장맛비가 쏟아지던 날, 속이 훤히 들여다보이는 하얀 속치마 저고리만 입고 우산도 없이 장맛비를 흠뻑 맞은 상태로 서경덕을 찾았다.

비에 젖은 하얀 비단 속옷은 알몸에 밀착되어 가뜩이나 요염한 기녀의 몸은 한층 돋보였다. 그런 차림으로 계속 비를 맞으며 서경덕이 은거하고 있던 초당으로 들어갔다. 물론 서경덕이 혼자 기거하는 집이었다.

조용히 글을 읽고 있던 서경덕은 뜻밖의 절세미인을 보자 반갑게 맞으면서 "뉘신지는 모르나 어찌 이 비를 다 맞았노?" 하며 비에 젖은 몸을 말려야 한다며 아예 황진이의 옷을 홀딱 벗겨 버렸다. 알몸이 되다싶게 옷을 벗기고 직접 물기를 닦아주는 서경덕을 보고 쾌재를 부르며 황진이는 아름다운 전라의 몸을 요염한 자세로 요리조리 취하며 서경덕을

유혹했다. 그러면서 황진이는 속으로 '저도 ×달린 사내인 것을' 하며 은근히 접근해 오기를 기대하고 있었다. 아니나 다를까? 황진이의 몸에서 물기를 다 닦아낸 서경덕은 마른 이부자리를 펴는 것이 아닌가?

'그럼 그렇지……'

황진이는 알몸으로 이부자리에 누우면서 더욱더 요염한 자세로 교태를 부렸다. 남은 한 장의 속곳마저 벗어던지고 실오라기 하나 없는 알몸으로 몸을 뒤채는 듯 농익은 육체를 보여주어도 서경덕은 눈 하나 깜짝 안 하고 오히려 이불을 덮어주며 몸을 말리라고 하고는 다시 꼿꼿한 자세로 앉아 글 읽기를 계속했다.

시간이 지나 날은 어두워지고 이윽고 밤이 깊었다. 그런데도 서경덕은 책만 읽고 있었다. 황진이는 화도 났지만 오기가 발동했다. 그래서 이불을 걷어치우고 발가벗은 몸으로 요염한 자세를 취하며 아양을 떨기 시작했다. 그랬더니 삼경쯤 되자 이윽고 서경덕이 옷을 벗고 황진이 옆에 누웠다.

'옳지, 이제야 사내의 본색을 드러내는구나'하면서 좋아했다. 그러나 그녀의 기대와는 달리 옆에 눕자마자 이내 가볍게 코까지 골면서 꿈나라로 가버리는 것이 아닌가?

아침에 황진이가 눈을 떴을 때 서경덕은 벌써 일어나 아침밥까지 차려 놓고 있었다.

'오! 듣던 대로 대단한 위인이로구나!'

황진이는 대충 말린 옷을 입고는 부끄러워서라도 빨리 그곳을 벗어나고 싶었다. 그리고 며칠 후 황진이는 성거산을 다시 찾았다. 그때와는 달리 요조숙녀처럼 정장을 제대로 차려 입고 음식을 장만하여 서경덕을 찾았다. 역시 글을 읽고 있던 서경덕이 이번에도 반갑게 맞았고 방안에 들어선 황진이는 서경덕에게 큰절을 올리며 제자로 삼아 달라는 뜻을 밝혔다. 빙그레 웃으며 맞는 서경덕. 그날로 사제지간이 된 황진이. 뜻이 크고 기개가 사내대장부에 못지않았던 황진이. 그녀는 서경덕의 큰 기개 앞에서 두 손을 들고 말았다.

그리고 서경덕에게 '선생님은 개성의 3절'이라하고 찬탄을 하니 서경덕은 '무엇이 삼절인고?'하고 물었다.

'그 첫째가 서경덕, 둘째는 황진이, 그리고 셋째는 개성의 박연폭포'라고 하였다. 서경덕이 죽고 난 후 황진이는 서경덕의 발걸음이 닿았던 곳을 두루 다녔으며 죽을 때까지 그를 흠모했다고 한다.

詩人 이순신 장군

이순신 장군은 1545년 4월 28일 태어났으니, 지금으로부터 476년의 옛날이야기가 된다. 그가 태어난 곳에 대한 주장은 서울 중구 인현동 명보극장 주변이라 한다. 그러나 7세쯤 외가가 있는 충남 아산 염치면 백암리로 내려가 성장했다는 설이 있었기에 시금의 그곳은 현충사로 세상에 널리 알려진 것이다. 물론 정부가 1967년에 이순신 탄생을 국가기념일로 지정했기 때문이다. 우리나라에서 개인적으로 국가에서 탄생기념일로 지정한 인물은 오르지 이순신李舜臣뿐이다.

이순신 장군은 위로 형 두 명(리의신李義臣, 리요신李堯臣)과 아래로 동생(리우신李禹臣) 사이 셋째 아들로 태어났다고 한다. 이순신은 들에서 말을 타고 활쏘기를 좋아했고, 32세에 무과에 올랐다고 한다. 그때 남긴 말이 있다. "대장부로 세상에 나와 나라에서 써주면 죽음으로써 충성을 다할 것이요, 써주지 않으면 야인이 되어 밭갈이 하면서 살리라."고 한 것이다. 한자로 이렇게 쓴 것이다.

'장부출세 용칙효사 이충, 불용칙경 야족의
丈夫出世 用則效死 以忠, 不用則耕 野足矣

결과적으로 이순신은 인조 1년에 시호로 '충무'

로 불러줄만한 애국 충성한 장군이었다. 우리가 익히 알듯이 그는 임진왜란과 정유재란에서 왜군들을 23전戰 23승勝 격파시킨 전략과 전술이 뛰어난 조선의 명장이었다. 충무공은 전라좌도수군절도사로 조선의 바다를 지켜낸 전투의 신이라 불릴 만큼 한산도대첩에서 조국을 건져낸 빛나는 장수였다.

그러면서 문학에 뛰어난 재능이 있었다. 그의 대표작품은 「난중일기」이다. 그리고 그는 시재詩才가 탁월하여 현대시인들의 표상이기도 하다. 이순신장군의 대표시를 읊어보고 싶다.

한산섬

한산섬 달 밝은 밤에 수루에 혼로 앉아
큰 칼을 옆에 차고 깊은 시름하는 적에
어디서 일성호가는 남의 애를 끊나니.

이 시속에 시어詩語가 백성들의 가슴을 뭉클하게 한 애국애족의 詩로 들리지 않는가! 그런데, 우리나라의 문제가 항상 예나 오늘이나 정치에 문제가 있다 할 것이다. 이순신 장군은 조정의 정치에는 관심이 없어서 조정의 인맥이 없었다.

그러나 함께 나라를 위하여 싸웠던 경기도 평택 출신으로 경상도우수사였던 '원균'장군이 라이벌이 되어 당시 경상도좌수사였던 '박홍'과 더불어 이순신 장군을 모함하여 한산통제영에서 체포하여 한양 조정으로 압송한 것이다.

당시 선조왕도 조정대신 200명중 199명, 문무백관들이 '이순신은 역적이오니 죽여야 한다'고 압박하여도 묵인하였다는 것이다. 국청에서 이렇게 험악한 상황에서 오르지 한 사람 당시 영의정 이원익이 반기를 들고 이순신을 살린 것이다. 선조왕은 도체찰사 영의정에게 임진왜란 시 국가비상사태총사령관직을 부여하였고 이원익은 전시상태에서 모든 권한을 쥐고 있었던 것이다. 영의정 이원익李元翼은 선조에게,

"전하께서 전시중에 신臣을 폐하지 못하시는 것처럼, 신 또한 전쟁 중에 삼도수군통제사 '이순신'을 해임 못하옵니다."

이 말은 명언이 되었다. 이러한 말을 남긴 성리학자 이원익은 관직을 떠난 후 지금의 광명시 구름산 아래 벌판이 쭉 펼쳐진 곳에서 여생을 살다가 그곳에서 영면하였다.

이순신 장군은 53세로 왜군과 싸우다가 노량해전에서 1598년 11월 19일 전사하고 삶을 끝냈으나, 우리 민족의 영웅으로 길이길이 그 명성은 위대한 이름으로 남았다. 필자의 형도 호서명문 홍고에서 장군의 뒤를 따르리라 하면서 학문을 익히다가 진해 해군사관학교에 입학한 모습을 부친이 그토록 자랑스럽게 여긴 이유를 지금에야 어렴풋이 느낀다.

---

* 위 글은 너무 좋아서 작가님 연락처를 몰라 양해 없이 올렸습니다. 양해를 구합니다. (편집자)

이순신 장군의 어록과 한시

* 집안이 나쁘다고 탓하지 마라. 나는 몰락한 역적의 가문에서 태어나 가난 때문에 외갓집에서 자라났다.
* 머리가 나쁘다 말하지 마라. 나는 첫 시험에서 낙방하고 서른둘 늦은 나이에 겨우 과거에 급제했다.
* 좋은 직위가 아니라고 불평하지 말라. 나는 14년 동안 변방 오지의 말단 수비 장교로 돌았다.
* 몸이 약하다고 고민하지 마라. 나는 평생 고질적인 위장병과 전염병으로 고통 받았다.
* 기회가 주어지지 않는다고 불평하지 말라. 나는 적군의 침입으로 나라가 위태로워진 후 마흔일곱에 제독이 되었다.
* 조직의 지원이 없다고 실망하지 마라. 나는 논밭을 갈아 군자금을 만들었고, 스물세 번 싸워 스물세 번 이겼다.
* 윗사람이 알아주지 않는다고 불만하지 말라. 나는 임금의 오해와 의심으로 모든 공을 뺏긴 채 옥살이를 해야 했다.
* 자본이 없다고 절망하지 말라. 나는 빈손으로 돌아온 전쟁터에서 12척의 낡은 배로 133척의 적을 막았다.
* 옳지 못한 방법으로 가족을 사랑한다고 하지 말라. 나는 스무 살의 아들을 적의 칼날에 잃었고 또 다른 아들들과 함께 전쟁터로 나섰다.

한시

水國秋光暮 바다에 둘러싸인 나라는 가을빛이 저물고
驚寒雁陣高 추위에 놀란 기러기 떼 진지 높이 나는데
憂心輾轉夜 근심으로 잠 못 이루고 뒤척이는 밤
殘月照弓刀 남은 달빛이 활과 칼을 비추네.

시작 묵상

김소엽 (시인)

코로나19가 주는 영향력이 이렇게 무서울 줄은 몰랐다. 눈에 보이지도 않고 소리도 안 들리는 그 작은 것의 위력이 이렇게 인간을 파괴하고 문화까지 파괴할 줄은 몰랐다. 벌써 이 바이러스가 우리나라에 상륙한 지도 2년. 그동안 세계의 모든 경제는 마비되고 사람들의 생활 패턴은 언택트 시대를 통해서 아주 달라졌다. 방콕하는 시간이 길어지면서 사람들은 우울증에 시달리기도 하고 답답한 마음을 통제 못하는 소수의 사람들은 폭력적이거나 아주 비정상적으로 억압된 감정을 표출하고도 있다.

사람들은 사람들을 경계하고 또 그러면서도 만남을 그리워한다. 아무렇지도 않게 지낸 일상을 그리워한다. 그 일상이 얼마나 고마웠는지 이제야 깨닫게 된다. 힘들고 어려운 시기에 우리는 시로써 소통하며 따뜻한 마음을 전하며 서로가 서로에게 위로자가 되고자 한다. 내가 소외되고 외로울 때, 내가 병들었을 때, 내가 아주 억울한 일을 당했을 때, 나에게 따뜻한 눈빛 한 올이 내겐 별이 되었고, 나에게 다정한 미소 한 자락이 꽃이 되었고, 나에게 부드러운 말 한 마디가 이슬이 되어 꽃비처럼 내려 나를 위로해 준 모든 분들에게 나는 감사한다.

꽃이 피기 위해서는

꽃이 그냥 스스로 피어난 것은 아닙니다
꽃이 피기 위해서는
햇빛과 물과 공기가 있어야 하듯이

꽃이 저 홀로 아름다운 것은 아닙니다
꽃이 아름답기 위해서는
벌과 나비가 있어야 하듯이

꽃의 향기가 저절로 멀리까지 퍼지는 것은 아닙니다
꽃의 향기를 전하기 위해서는
바람이 있어야 하듯이

나 혼자 힘으로 여기까지 온 것은 아닙니다
기도로 길을 내어주고
눈물로 길을 닦아준 귀한 분들 은덕입니다

내가 잘나서 내가 된 것은 더더욱 아닙니다
벼랑 끝에서 나를 붙잡아 주고 바른 길로 인도해 주신
보이지 않는 그분의 섭리와 은혜가 있은 까닭입니다.

봄의 탄생

봄을 잉태한 3월의 몸은
만삭이다
출산을 앞두고
설레는 마음으로
봄의 탄생을 기다리고 있다

우주 만물 축복의 노래를 부르며
아름다운 탄생을 기다리고 있다
양수가 가득 나뭇가지마다 오르고
꽃은 가지 속에서 세상에 나올 날을 기다리며
따뜻한 햇살의 애무를 빨아들이고 있다

새들이 가지마다 날아다니며 노래하고
대지는 거대한 몸을 흔들고 있다
아름다운 꽃이 그냥 탄생되는 것은 아니다
이제 많은 수고와 기도와 찬양의 함성이
조화롭게 코러스로 울려 퍼질 때
아름다운 꽃은 비로소 태어날 것이다.

별. 17

- 이루지 못한 사랑-

이루지 못한 사랑마다
별이 되게 하소서

아픈 이별마다
별이 되게 하소서

눈빛과 가슴으로
수천수만 대화 나누고
멀리 두고 바라만 보게 하소서

속된 사념에서 떠나
오직 드높은 생각만 가지고
그분과 함께 살아가게 하소서

아름답고 깨끗한 추억마다
반짝이는 별
별이 되게 하소서.

인생의 찬가

지혜 있는 자는 인생의 풍랑을 만났을 때
정면으로 파도를 맞지 않느니
설령 평생 걸려 만든 배가 파산되었어도
신에게 도전하여 항변하기보다는
파도가 남긴 말을 들으려고 애쓰느니
모래 한 알 한 알이 시간의 파편이요
선현들이 남기어 놓은 침묵의 언어이리니
널썩이 앉아서 새겨들으면 풍링의 말도 뜻이 있거늘
바람이 분다고 서러워 말라
꽃이 진다고 슬퍼하지 말라
파산되었다고 절망하지 말라
풍랑이 이는 것은 바다를 청소하기 위함이요
바람이 부는 것은 꽃씨를 퍼뜨리기 위함이요
비가 내리는 것은 땅위의 모든 더러움을 씻기 위한
하늘의 방법이라면 무엇을 걱정하리요

인생의 풍랑에도 반드시 선한 뜻이 숨어 있으리니
생의 중반에나 혹은 노년에 이르러
무서운 폭풍을 만난다 해도
하나님의 선하심을 끝까지 믿고 기다려 보노라면

파도가 나에게 이르는 말

그 침묵의 언어를 깨닫게 될 날 있으리니
고난이 축복이 되는 인생을 음미하고 살다 보면
삶의 기쁨과 보람도 있으리니

옛 사람들이 그렇게도 살기를 열망하던 미래를 사는
우리는
감격과 설렘으로 성스럽게 오늘 하루를 맞아
선물로 받은 오늘을 감사함으로 최선을 다해 살자
형제여! 우리 모두 머지않아 흙으로 돌아갈지니
나에게 맡겨주신 청지기의 직분 성실히 마치고
그분 품안에 평안히 안길 때까지
이 넓고 넓은 세상에 우리가 인간으로 태어나서
기나긴 시간의 영원 속에서
바로 이 순간 이 자리에 너와 내가
오늘 이렇게 살아 있음을
감사하며 기쁨으로 노래하자
나의 형제여!

김소엽
_____

* 「한국문학」 등단, 이화여대 졸, 시집 「그대는 별로 뜨고」 외 등
15권 수상 46회 한국문학상, 17회 이화문학상, 기독교문화대상,
윤동주문학상 본상, 국제PEN문학상, 대한민국신사임당상 추대,
현재 국제PEN, 한국여성문인회자문위원, 한국문화예술총연합회
장, 대전대석좌교수

울타리

성용애(시인)

울타리 없는 세상이 얼마나 아름다운가?

그런데 울타리를 치고 살아야 한다면 불행 아닌가.

울타리는 공격자를 막고 자기를 지키기 위해 치는 장벽이다. 지금은 울타리 없이 평화롭게 살던 '문화마을'에 문명이란 무서운 적이 나타나 문화를 무너뜨리고 있어 불안한 것이다.

문화가 문명에 무너지고 나면 무엇이 남을까? 문화를 지켜야 할 사람은 예술가와 문인들이다. 그들마저 문명에 휩쓸려간다면 이 땅의 문화는 어떻게 될까.

시인은 울타리 없이 사는 아름다운 세상에서 장벽 없이 이웃과 더불어 웃고 노래하며 살고 싶은 것이다.

우리들의 울타리엔 경계가 없지

저기 푸른 숲속 한쪽에
선한 울타리 하나 그어놓고
그 안에 깨끗한 너의 꿈 한 자락
초대하고 싶다

젊은 어부이고 싶기도 하고
어느 땐 별빛 흩어져 내리는 풀숲에
흩어진 양들의
목동이고 싶기도 하던 너의
아늑한 둥지 하나 만들어놓고

왈츠가 흐르는 창가에 앉아
꽃들의 눈인사 맞으며
너를 위한 탁자 위
마알간 유리컵의 향기로 뜨는
풀잎이고 싶어

간혹 몰려오는 문명의 실오라기 속에
때 묻은 가닥들은

흐르는 계곡의 맑은 물로 헹구어

말러야지

날마다 신선한 양식으로 혼을 채우며
마음이 가난한 이들을 위해
그늘을 밝혀두고 만나를 준비해야지

꽃들의 웃음소리 드나드는 대문은
활짝 열어두어
눈이 없어 바늘귀 찾지 못한 낙타들
찾아오기 쉽도록 해야겠지

꿈을 파는 매장도 열어
추운 겨울 시린 가슴 안고 떠는
양들을 위한 옷도 지어야지

그리하여
우리들의 내일은 태초 속 푸른 햇살의 자유로
탐지게 영글어 가리니

경계가 없는 그 울타리 안으로 모여드는
바람은 자유로운 영혼이리니.

양 파

눈물을 흘리며
양파를 벗긴다

까슬한 몸
마른 버즘 핀

사르륵 벗겨지는
촉각이 떨린다

눈앞에 드러나는
아!
흰 초록 옥보석

단아한 몸매로
어느 뜨거운 가슴에 안겨
사랑 나눌까?

남루한 내 작업은
환상으로 탈출한다

벗겨도 벗겨도
껍질로 남는.

초가을

반달 안아
볼록한
부끄러움

수줍어 살며시
기어 나온
꽃술

달개비
푸른 웃음으로
활짝 웃다.

성용애

---

* 2003년 문학마을 신인상등단,한국 문인협회 회원 낭송문인협회
  위원,한국 크리스천문학기협회 부회장,기독시인협회 이사,
  수상 범하문학상, 이계절에우수상, 저서 시와 함께하는 성단 꽃장
  식, 중국에대한 내 시시한 이야기 공저 다수

6월의 충혼忠魂

정태광^{시인}

하늘 우러러
기도祈禱의
비문碑文)을 쓴다

조국의 산야에서
장렬히 산화한
6.25의 호국 영령을 본다

피어 보지 못한 임들의
청순한 이야기를
각혈로 토해낸다

조국의 부름을 받고
총탄 빗발치는 전쟁터에서
소총 들고 적진 향해
돌진한 용감한 국군!

임들이 있었기에
오늘 우리가 있고

임께서 쏟은 붉은 피

강물 이뤘기에
5대양 6대주에
우뚝 선
오늘의 대한민국이 있다

피를 토하며
어머니 어머니 부르다
장렬히 산화한 임이여!

한라에서 백두까지
무궁화 꽃길 만들어
임께서 태극기 흔들며 걸어가실
그 날을 기다립니다

다시 불러보는
거룩한 이름
임이여
6월의 충혼忠魂이여!

5월의 노래

닭장에 암탉은
알 낳았다고
꼬꼬댁!

툇마루 복슬강아지
손님이 왔다고
멍멍!

집 나온 토끼
앞마당이 넓다고
깡충깡충!

외양간 나온 송아지
어미 품이 좋다고
껑충껑충!

초가집 울타리
빨간 장미

실바람 타고
방긋방긋

언덕배기 돼기밭
밭갈이 하시는 아버지
소 모는 소리
이랴 이랴 워워

아카시아 향기 취한
산속 뻐꾸기
이 산에서 뻐꾹!
저 산에서 뻐꾹!

녹음 짙은 산야
초록빛 오월
파란 하늘 품에 안긴다.

정태광

* 「한국크리스천문학」 등단, 건국대학교행정대학원 졸업, 보국훈장
  광복장, 안중근기념관 홍보대사, 광명교회 장로

우리와 저들의 불씨

태초에 질문이 있었다. '내 추도사를 써 주겠나?' 이 첫 문장을 보고 미치 앨봄의 『8년의 동행』에 빠져들고 말았다.

허숭실(수필가)

미치 앨봄은 어릴 적 부모님과 다니던 유대교 회당의 랍비에게서 자신의 추도사를 써 달라는 청을 받는다. 인간은 에덴동산에서부터 신에게서 도망치고 싶어 했다. 그도 유대교를 떠나 기독교인과 결혼하고 25년이나 냉소적으로 종교를 바라보며, 잘 나가는 칼럼니스트로 현실에 안주하고 있었다. 그러다가 거대한 산처럼 느껴지던 랍비의 추도사를 쓰기 위해 훌쭉해진 팔에 검버섯이 돋은 82세의 랍비와 다시 만나면서 8년이라는 시간을 함께 보낸다.

앨버트 루이스는 랍비 서품을 받고 뉴저지로 가는 버스에 올랐다. 유대교 회당은 3층짜리 빅토리아 양식의 주택을 개조한 것으로, 마을의 가톨릭성당과 성공회교회 사이에 위치해 있었다.

개신교 예배당은 여덟 개나 있었다. 처음 맡은 유대교 회당에서 50년이 넘도록 그는 유대교의 전통과 의식을 지키며 랍비로서의 삶을 살아 왔다.

우리가 살아가면서 부딪히는 아주 고약한 의식 중 하나가 '우리와 저들'이라는 편 가르기이다. 가장 치열하고도 절대적으로 '우리와 저들'을 나누는 곳은 종교계이다. 독실한 신앙심은 오히려 사람을 분열시킨다. 타종교를 인정하지 않으려는 독선적인 신앙관은 격렬한 증오로 변해 잔인한 테러를 자행하고 승패 없는 전쟁을 일으키고 있다.

랍비는 종교적 편견이나 선입관을 없애려고 성공회 사제를 초대해 유대교인들에게 설교하는 자리를 마련했다. 성직자들이 다른 종교의 신전에서 환영받을 수 있다면 매우 바람직한 일이라 여겼다.

그 사제는 설교대에 올라가서 눈물이 그렁그렁해졌다. 그는 랍비가 얼마나 훌륭한 성직자인지 칭찬하고 나서 그분이 예수님을 진심으로 받아들이도록 도와주기를 부탁했다. 그는 탄식에 가까운 목소리로 "저는 이분이 지옥에 가시는 것을 원치 않습니다."라고 설교를 마쳤다. 회당은 얼음을 끼얹은 듯 냉랭한 정적으로 채워졌다.

어느 날 밤 병원에서 전화를 받았다. "죽어가는 여인이 있는데 랍비님을 뵙고 싶어 합니다." 가보니 숨쉬기조차 힘들어 하는 여성이 누워 있고 그 옆에 남자가 앉아 있었다. 그 남자는 전화한 적이 없다며 화를 내었다. 랍비는 그 옆에서 화가 가라앉기를 기다렸다. 한 시간쯤 아내에 대해서 이야기하는 남자의 말을 들어준 뒤에 "당신 아내를 위해서

기도를 해 드리고 싶은데 괜찮을까요?"하고 기도를 하고 나오다가 누가 전화를 했는지 알게 되었다. 그 병원에서 몇 번 본 적이 있는 착실한 기독교 신자인 간호사였다.

한번은 주차 문제로 옆 성당 신부에게서 험한 말을 들었지만, 랍비는 그 성당 신부와 팔짱을 끼고 앞뜰을 거닐었다. 그 때 성경 공부를 마치고 몰려나오던 아이들은 눈을 깜박거리며 고개를 갸웃거렸다.

서로 다른 종교도 나란히 평화롭게 공존할 수 있다는 사실을 몸소 보여주었다. 그 뒤로 그들 두 사람은 절친한 친구가 되었고 그 신부의 장례식을 랍비가 집전했다. 랍비는 유대교의 전통과 모든 의식을 철저히 고수하면서도 지역사회 봉사를 위해 여러 종교의 성직자들이 모인 단체 미니스테리움에 가입했다.

'우리와 저들'의 시원은 카인과 아벨이었다고 볼 수 있다. 여호와께서 아벨의 제물은 받으시고 카인의 것은 받지 않으셨다. 아브라함은 하녀 하갈에게서 이스마엘을 얻었으나 후에 사래가 이삭을 낳았다. 중동에서의 분쟁과 테러는 그 뿌리가 이스마엘과 이삭에게서 비롯되었음을 역사가 말해 준다. 이삭의 아내 리브가는 자신의 태중에 있는 쌍둥이 중에 야곱의 편이 된다.

에서는 동생 야곱에게 장자 권을 빼앗기고 부모를 떠나 에돔과 모압의 조상이 되었다. 유대교는 예수교를 인정하지 않고 개신교는 천주교를 이단시한다. 수니파와 시아파의 갈등은 이슬람교의 화약고이다.

미치 앨봄도 문화적, 인종적, 종교적인 선입견으로 우리

편과 저쪽 편이라는 경계를 긋는 의식에서 벗어나지 못하고 있었다. 그는 자신이 살고 있는 디트로이트 시내의 공터 근처에 1881년에 지었지만 지금은 버려진 교회 앞을 지나다니곤 했다.

그 낡은 교회에서 노숙자 쉼터를 운영한다는 소식을 듣고 칼럼을 쓰기 위해 찾아간다. 지붕에 구멍이 뚫려 천장에서 빗물이 새고, 겨울에는 난방도 없어 허연 입김이 뿜어져 나오는 예배당에서 흑인 목사 헨리를 만나게 된다. 그 목사는 과거에 강도짓을 했고 마약 중독자로 험한 삶을 살았다. 죽음의 경각에서

"제 삶을 하나님께 바치겠다고 약속하면 오늘 밤 저를 살려 주시겠습니까?"

그는 낮은 소리로 간청했다. 지금, 헨리 목사는 "교회는 고통과 마음의 병으로 괴로워하는 사람들에게 응급실이 되어야 합니다. 그들은 다 나을 때까지 다 치유될 때까지 언제까지고 찾아와야 합니다."란 믿음으로 노숙자들에게 침식을 제공하고 있다. 목사는 자신의 작은 집에서 20여 명의 떠돌이 아이들을 거두며 그들에게 '평화 지킴이'라는 별명을 붙여 주었다.

그는 아이들에게 음식 만드는 법도 가르쳐 주고, 그들과 어울려 게임도 하면서 그들이 스스로 안전하다고 느끼게 해 주었다. 무언가를 겪어본 마음, 함께 아파하는 마음이 그들의 상처를 치유할 수 있었다. 우리는 누구나 인생의 지붕에 구멍을 갖고 있는 것은 아닐까? 눈물이 빗물처럼 흘러내리는 구멍, 비참하고 예기치 않은 일이 거센 바람처럼

몰아쳐 들어오는 구멍. 미치 앨봄은 설교하는 헨리 목사를 만나보면서 믿음만 있으면 그 구멍을 수리할 수 있음을, 사람들이 진정으로 변화할 수 있음을 확실히 믿게 되었다.

랍비는 마지막 설교에서 신도들과 신에게 용서를 빌었다. 부부들이 갈라서는 일을 더 많이 막지 못한 것에 대해, 어려운 과부나 가족들을 더 많이 도와주지 못한 것에 대해, 청소년들과 더 많은 시간을 보내며 가르침을 주지 못한 것에 대해서 용서를 구했다.

분노나 원한을 품고 사는 것은 아무런 도움이 되지 않는다. 분노가 향하는 대상보다는 오히려 자신이 더욱 큰 상처와 피해를 입게 된다. 가장 가까운 사람들, 배우자, 자식들, 부모님들에게 용서를 구하고 또한 용서해야 한다. 유대교에서는 '죽기 하루 전에 모든 죄를 뉘우치라.'고 한다. 그러나 자신이 죽기 전날을 어떻게 알 수 있을까? 그러니 미루지 말고 서로 용서하고 사랑을 나누어야 한다.

"우리 모두는 태어나면서 죽음을 향해 간다."는 시편의 명구를 인용하면서 랍비는 이야기를 마쳤다.

작가는 서로 만난 적이 없는 두 성직자의 삶을 통해 꺼지지 않는 사랑의 불씨를 발견했다. 두 사람은 피부색도, 사회적 위상도, 삶의 경험도, 살고 있는 지역도 다르다. 그런데 그들에게는 공통분모가 있었다. 신에 대한 믿음, 주변 사람들에 대한 믿음, 우리 모두가 무언가 이유가 있어서 이 세상에 왔다는 믿음이었다. 그리고 사람들의 삶을 변화시켰다는 공통점이었다.

미치 앨봄은 두 성직자와 8년의 시간을 함께 보낸 의미를 깨달았다. 신앙이란 결코 어떤 결론을 내리는 일이 아님을, 끊임없이 탐구하고 공부하고 무언가를 발견하는 일임을 알게 된 것이다.

"신이 계신 위쪽을 올려다보도록 우리를 이끌기 위해 애쓰셨던 이곳에서, 이제 우리는 위를 바라봅니다."

미치 앨봄이 쓴 랍비의 추도사 끝 문장이다.

「8년의 동행」을 읽으면서 마음이 평온해지고 따스해짐을 느낄 수 있었다. 행복은 혼자서는 발견할 수도 누릴 수도 없는 것이다. '우리와 저들'이 공통분모를 갖고 마음의 벽을 허물어야 행복을 나눌 수 있다.

그러면 우리의 마음속에도 세상을 구할 수 있는 불씨가 피어날 것이다. 두 성직자의 삶에서 바람직한 신앙인의 모습을 다시 발견하는 기쁨을 맛보았다. 김수환 추기경과 한경직 목사님의 모습이 나란히 떠오른다. 누구에겐가 참 신앙인으로 기억될 수 있다면 그는 흙으로 돌아가서도 편안한 언덕이 되리라.

허숭실

* 「문학마을」 등단, 내몽골서 태어나 귀국, 이화여대 불어불문학과 졸업, 한국문인협회 회원, 수필집 「꽃은 흔들리며 사랑한다」

도루묵

황계정(수필가)

늦가을과 초겨울은 강원도 동해안에 거주하는 주민들에게 도루묵 잡이의 제철이다. 이 시기에는 도루묵이 산란을 위하여 반석 밑이나 다른 은거지에 숨어 있기 때문이다. 선박을 타고 출항하는 전형적인 어부가 아니더라도 누구나 그물망이 부착된 간단한 도구를 들고 나와 산란을 위해 숨어 있는 도루묵을 공략하여 큰 재미를 본다는 것이다. 성급한 사람들은 배가 불룩한 도루묵의 배를 눌러 알이 빠져 나오면 즉석에서 그 알을 날로 먹기도 한단다.

도루묵은 30센티 안팎의 작은 물고기로, 검푸른 등에 지느러미 두 개가 달렸고 몸통은 비늘 하나 없이 은빛처럼 하얀 표피로 덮여 있다. 깔끔한 모습을 보이는 어류다. 그러나 미각적 측면에서는 결코 상위 그룹에 속하지는 않나 보다. 현지 주민들도 도루묵 요리에는 양념을 쓰지 않고 그저 소금만 조금 뿌려서 구워 먹는다고 한다. 갖은 양념을 다 넣어 요리할 가치를 느끼지 못한 것이리라.

나는 도루묵을 생각할 때면 조선조의 인조仁祖

왕이 연상된다. 인조는 청 태종이 5만 명의 오랑캐 병졸을 앞세워 조선을 침략한 후 엄청난 국고재산을 강요하는가 하면 하늘과 땅이 공분할 반인륜적 만행을 자행한 소위 병자호란을 겪으면서, 국왕으로서 비분강개했던 장본인이다. 전광석화 같은 날쌘 침공에 군량미마저 대비하지 못한 채 남한산성으로 피란한 조정이었으니 왕실에 대한 대책인들 강구할 수 있었겠는가? 일개 평민의 밥상에도 빈약할 정도의 초라하고 조잡한 식찬으로 국왕을 모실 수밖에 없었다.

인조는 오랑캐 군졸들의 포위망에 갇힌 산성에서 '이 국치를 어떻게 수습할까?' 주야로 노심초사하느라 식욕을 잃어 건강이 한계상황에 이르렀다.

무엇보다 국왕의 식욕을 회복시켜야 했다. '산 입에 거미줄 칠 수야 없다.'는 말도 있지만, 이 경우는 국난에 처한 국왕의 생사문제가 달린 중차대한 문제였다. 하지만, 상황이 상황인지라 당시의 양식으로는 어찌할 도리가 없었다. 천우신조랄까? 무명의 충신들이 나타났다. 동해안의 도루묵 상자들을 들고 산성에 들어온 것이다. 오랑캐들의 그 혈안을 어떻게 피하여 그 값진 진상품을 들여왔을까?

국왕은 소금에 구운 도루묵을 먹으며 식욕을 회복하기 시작했다. 하루는 국왕이 물었다. "이 생선의 이름이 무엇인고?" "도루묵이라 하옵니다." 인조는 '도루묵'이라는 대답을 듣고 고개를 갸웃거리며 말했다. "도루묵이라! 이 생선은 그 맛으로 보나,

그 모양새로 보나 이름이 너무 저급하게 들린다. 나는 '은어'라 부르겠다." 도루묵은 주인을 제대로 만난 것이리라. 그 누구나 자기의 진가를 인정받는 것보다 더 소중하고 바람직한 일은 없는 것이다. 인조는 환궁하여 예전처럼 매일 매끼 진수성찬의 환대를 받으면서도 산성에서 먹었던 은어의 생각을 떨칠 수가 없었다. 그는 은어 요리를 요청하였다.

궁중 요리사들은 갖은 양념을 다하여 은어를 구워 왕의 수라상에 올렸다. 커다란 기대를 가지고 오랫동안 마음속에 품어 왔던 그 맛을 다시 음미하고자 했던 국왕은 은어를 먹으면서 의아한 표정을 짓지 않을 수가 없었다. 이리 씹어 봐도, 저리 씹어 봐도 옛날의 그 맛이 아니었기 때문이다. 그는 과연 은어가 맞는지 다시 한 번 확인한 후 입을 열었다.

"은어가 아니라, '도로묵'이로구만." 그리하여 다시 도루묵이 되었다는 뜻이다. 그는 가치의 효용론을 제기하고 있는 것이다. 가치개념에는 관념적인 절대론과 실용적인 효용론이 따르기 마련이지만, 양자는 상호 모순과 갈등을 보이는 경우가 비일비재하다.

'구슬이 서 말이라도 꿰어야 보배다.'라는 말이 있다. 금은보석으로 만들어진 구슬이 아무리 많다 해도 줄로 엮어야 목에도 걸고 팔에도 걸 수 있다는 실용성을 강조하는 속담이다. 어느 나라에서는 코에도 구슬 줄을 걸고 다닌다고 한다. 가치의 실용성이 얼마나 중시되고 있는지를 여실히 보여주는 속담이 아닌가 싶다. 우리나라는 매 4년마다 국회의원 선거를 치른다. 자랑스럽다. 우리 대한민국이 자유민주주의의 대로를 활보하고 있다는 이 엄연한 사실이 우리에게 커다란 긍지를 안겨준다. 하지만, 나 같은 정치 문외한에게는 선거 그 자체보다는 선거운동기간에 펼쳐지는 화려하고 심오한 정견발표에 더욱 관심이 쏠린다. 나라와 국민을 사랑하는 뜨거운 애국심과 나라를 염려하는 우국충정, 그리고 민생복지를 증진시키려는 치밀한 계획과 간절한 정성 등이 나를 너무너무 감동시킨다.

그 은어 같은 황홀한 정견들의 내용이 나에게 강력한 최면을 걸어 나는 평생토록 국회의원을 선출하는 총선에서 단 한 번의 기권도 없었다. 인조가 가슴에 품고 있었던 은어의 그 진미를 나 또한 영원히 가슴 속에 간직하고 싶었기 때문이리라.

문제는 선거 후에 나타난 선량들의 모습이다. 어디까지가 진실인지 문외한으로서는 정확히 알 수 없으나 언론매체나 세간에 나도는 설들에 의하면, 적지 않은 의원들이 시간만 나면 골프장을 찾는다 하여 골프장 국회라느니, 이 명목 저 명분을 다 붙여가며 국외로 빠져나가 유람 외유를 즐긴다 하여 유람 국회라느니, 딱히 한 일도 없이 그저 세비만 축낸다 하여 식물 국회라느니 말도 많고 탈도 많다. 설레는 가슴을 애써 진정시키며 정견발표에 환호했던 그 희망에 찬 분위기에서는 도대체 상상이나 할 수 있는 일인가? 심히 실망스럽다.

가슴에 금패를 달았으면 여야가 마주앉아 이견을 조율하여 신속하고도 효율적인 안건처리에 최선을 다해야 되는 것 아닌가? 상식의 문제다. 혼신의 힘을 다 쏟아 책무에 전념하여도 결코 쉽지 않을 터인데, 그저 입만 열면 정쟁인지 전쟁인지 험한 소리만 외쳐대니 어디 될 말인가? 처리할 안건들은 산더미처럼 쌓여만 가는데도 눈 한번 거들떠보지 않고 있다가 시한에 쫓겨서야, 번갯불에 콩 구워먹듯 뚝딱 해치우는 게 상습이라니 참으로 안타깝다.

어찌하여 이런 현상들이 나타나는 것일까? 필자의 우견으로는, 이들 문제 모두가 인식의 차원에서 출발된 것으로 보인다. 인식은 오성悟性과 감성感性의 교합작용에서 나온다. 데카르트가 "나는 생각한다. 고로 존재한다."라고 설파하였듯이, 인식은 삶 자체인 것이다.

오성은 순수한 지각이지만, 감성은 변화무쌍한 충동을 보이기 마련이다. 오만한 감성이 순수한 오성을 지배하면 인식은 오염된 상태로 나타날 수밖에 없다. 감성의 정화가 필요하다.

대리 운전기사 사건을 보라. 한 여성 선량은 얼마나 자신의 우월감을 과시하고 싶었으면 촌음도 아껴 써야 할 바쁜 운전기사를 붙들고 "내가 누구인 줄 알아?” 하며 위협을 가했고, 그 기묘한 암시에 접한 동석자들 또한 그 선량의 우월감에 얼마나 감복하였기에 암시가 떨어지기 무섭게 대리 운전기사에게 달려들어 폭행을 가했겠는가?

선량의 위력은 과연 강하기는 강한 모양이다. 골절상 등의 중상을 입힌 그 집단폭행 사건은 수사의 방식부터가 낯설 뿐만 아니라 수사가 시작된 지 꽤 오랜 시간이 흘렀건만 수사의 결과에 대하여는 이렇다 할 말 한 마디도 없고, 문제의 선량은 해외로 여행을 떠나는 등 그저 당당한 모습만을 보인다.

대리 운전기사가 과연 어떤 직업인가? 취객이 취중 운전을 피하기 위하여 잠시 고용하는 시간제의 서민직업이 아닌가? 당연히, 취객들이 귀가하는 심야의 짧은 시간대에 제한될 수밖에 없다. 따라서 그 짧고 촉박한 시간대를 벗어나면 대리운전의 요청을 받을 수 없다. 서민생활의 한 단면이다. 이를 외면하고 “내가 누구인지 알아!!” 하고 협박하여 동석자들에게 본때를 보여주라고 암시하는 것이 과연 민생복지를 외쳐댔던 선량의 자세란 말인가? 선량은 우월감의 자승자박에서 한시바삐 해방되어 본연의 갑질甲質로 환원되어야 한다.

요즘에 유난히도 갑甲질론이 유행한다. 질은 신경질, 주먹질, 발길질, 계집질, 난도질 등에서 보듯이 그리 바람직하지 못한 행위를 일컫는 단어의 어미이다. 상류층인 소위 갑질甲質들이 걸핏하면 하류층의 서민들에게 난도질을 마구 쏟아 붓는다는 비속어로 들린다. 우월감의 표출에서 발현한 갑질들이 난무하고 있다는 사회적 비판이다. 한 시대의 유행어는 사회의 적나라한 반영인 것이다.

혹여, 결코 적지 않은 선량들이 일단 당선만 되면 그들의 정견과 공약을 마치 헌신짝처럼 벗어던지는 것은 아닌지 심히 의아스럽다. 그렇지 않고서야 어찌 민의를 대변하는 신성하고도 존엄해야 할 국회 앞에 도저히 어울릴 수 없는, 그 같이 맹랑한 수식어들이 난무한단 말인가? 납득이 아 가다, 하지만, 기회는 아직도 얼마든지 남아 있다. 4년마다 실시되는 총선에서 쏟아져 나올 '희망찬' 정견들에서, '은어의 진미'를 가슴속 깊이 고이 간직하고 그 실현을 학수고대하는 수많은 국민들의 염원을 저버리지 않기를 간곡히 기원한다.

과유불급過猶不及이라 했지만, 다시 한 번 제언하거니와 무어니 무어니 해도 도로묵의 국회만은 지양해야 한다. 도로묵 국회야말로 의결능력이나 입법능력 등의 차원을 떠나 그 성격상 힘없는 소시민을 기만하고, 기만을 통하여 더 나아가 약자의 소망을 송두리째 앗아가는 패역무도悖逆無道한 행태를 피할 수 없기 때문이다. 기우杞憂이기만을 바랄 뿐이다.

황계정
─────────────
* 「한크문학」 등단, 연세대 영문학과 교수, 한국세익스피어학회 회장(역임) 수필집:「일상을 넘나들며」, 「사색의 길목에서」

꼰대 문화와 30대

최 명 덕

최명덕(목사)

90년생인 30대가 6,70년대를 멀리하는 이유는 무엇일까? 꼰대 문화 때문이다. 90년생은 꼰대 문화에 적응하지 못한다. 꼰대 문화란 자기만 알고 젊은이들을 이해하지 못하는 세대차가 만든 산물이다.

"네가 뭘 알아."

"나 때는 말이야."

"너 몇 살이야."

"선배가 우습게 보이냐."

"우리 때는 안 그랬어."

"무슨 말이 그렇게 많아."

"그렇게 살면 사회생활 못한다."

이런 말을 서슴없이 하고 어른 행세를 자연스럽게 하는 것으로 인식되는 세대문화가 꼰대문화다. 언젠가 중앙일보 문유석 판사의 '일상 유감'이라는 칼럼 중 '꼰대질 하지 마라'라는 글이 실렸다.

'전국의 부장님들께 감히 드리는 글'이라는 제목의 글은 젊은이들에게는 통쾌함을, 꼰대들에겐 일침을 선사했다. 그 내용은 이런 것이었다. 저녁 회식시켜 준다고 하지 마라. 젊은 직원들도 밥 먹고 술 먹을 돈 있다. 친구도 있다. 없는 건 당신이 뺏고 있는 시간뿐이다.

할 얘기 있으면 업무시간에 해라. 괜히 술잔 주며 '우리가 남이가' 하지 마라. 남이다. 존중해라. 밥먹으면서 소화 안 되게 '뭐 하고 싶은 말 있으면 자유롭게들 해 봐.' 하지 마라. 자유로운 관계 아닌 거 서로 알잖나. 필요하면 구체적인 질문을 해라.

젊은 세대와 어울리고 싶다며 당신이 인사 고과하는 이들과 친해지려 하지 마라. 당신을 동네 아저씨로 무심히 보는 문화 센터나 인터넷 동호회의 젊은이를 찾아 봐라. 뭘 자꾸 하려고만 하지 말고 힘을 가진 사람은 뭔가를 하지 않음으로써 뭔가를 할 수도 있다는 점도 명심해라.

부하 직원의 실수를 발견하면 알려주되 잔소리는 덧붙이지 마라. 당신이 실수를 발견한 사실만으로도 이미 충분히 위축돼있다. 실수가 반복되면 정식으로 지적하되 실수에 대해서만 설명하고 인격에 대해 말하지 마라.

상사가 개떡같이 말해도 찰떡같이 알아들어야 한다는 사람이 있다. 처음부터 찰떡같이 말하면 될 것을 군이 개떡같이 말해 놓고 찰떡같이 알아들으라니 이 무슨 개떡 같은 소리란 말인가.

술자리에서 여직원을 은근슬쩍 만지고는 술 핑계 대지 마라. 군이 미모의 직원 집에 데려다 준다고 나서지 마라. 요즘 카카오택시 잘만 온다.

부하 여직원이 상사에게 의례적으로 보내는 미소를 곡해하지 마라. 내 인생에 이런 감정이 다시 찾아올 수 있을까 하고 용쓰지 마라. 제발 만용을 부리지 마라.

90년생한테 '내가 누군 줄 알아?' 하지 마라. 자아는 스스로 탐구해라.

'우리 때는 말야' 하지 마라. 당신 때였으니까 그 학점 그 스펙으로 취업한 거다. 정초부터 가혹한 소리 한다고 투덜대지 마라. 아직 아무것도 망칠 기회조차 가져보지 못한 젊은이들에게 이래라저래라 하지 마라. 하려면 이미 뭔가를 망치고 있는 이들에게 해라.

꼰대란 권위적인 사고를 가진 어른이나 선생님을 비하하는 은어로 꼰대질하는 사람을 가리키는 의미로 사용된다.

2017년 인물과 사상사에서 발행한 꼰대의 발견 : 꼰대 탈출 프로젝트는 육체적인 나이는 들지언정 정신적으로는 여전히 20대라고 생각하던 한 40대 중년이 자신의 내면에 웅크리고 있는 꼰대기질에 대한 성찰을 바탕으로 꼰대탈출을 모색한 책이다.

이 책의 저자 아거는 꼰대란 성별과 세대를 뛰어넘어 '남보다 서열과 신분이 높다고 여기고, 자기가 옳다는 생각으로 남에게 충고하고, 남을 무시하는 것을 당연하게 여기는 사람.'이라고 정의하였다. 저자 아거에 의하면,

'내 나이가 몇인데'라는 말을 자주 하는 사람이 꼰대다.

성별, 직업, 사회적 지위에 따라 남을 차별하는 사람이 꼰대다. 권위의식, 서열의식, 특권의식이 있는 사람 역시 꼰대다.

교회 부목사들과 직원을 도열시키고 인사하게 하는 목사가 있다. 그가 꼰대다.

함부로 반말하는 사람, 막말로 다른 사람의 의견을 묵살하는 사람도 꼰대다.

나만 옳다고 주장하는 사람도 꼰대다.

그런 꼰대가 많은 곳에는 90년생이 오지 않는다. 90년생은 이런 꼰대들을 견디지 못한다.

어떻게 30대를 무시하고 일할 수 있는가?

꼰대 세대만 고집하면 미래가 없다.

그들이 없으면 장차 40대, 50대, 60대도 없기 때문이다.

그러므로 30대가 실수하고 완벽하게 일을 하지 못한다고 하더라도 이해하고 품어주어야 한다는 사실을 잊어서는 안 된다.

회사에서 '30대와 일을 못 하겠다'라고 말하는

40대가 '이 친구들은 도깨비 같다. 도무지 말이 통하지 않는다'라며 함께 일하기 어렵다고 토로하는 선배가 있다. 하지만 40대가 30대를 받아들이지 않으면 어떻게 될까?

오히려 관계만 어렵게 된다. 30대가 회사에 남아 중요한 역할을 하는 40대, 50대가 되어주지 않는다면 그 회사는 결국 망하게 된다.

한 예를 더 들면 임홍택의 '90년생이 온다'에 이런 이야기가 나온다. 국내 기업 재무팀에 근무하는 김 과장은 81년생이다. 그의 부서에 92년생 신입사원이 왔다. 그런데 이 신입사원은 출근 시간보다 일찍 나오지 않고 늘 정시에 왔다. 그에게 김과장이 말했다.

"8시 30분에 근무를 시작하려면 10분 전에는 출근해야 합니다." 그러자 신입사원이 대답했다.

"무슨 말씀이세요. 빨리 온다고 돈을 더 주는 것도 아니잖아요. 정해진 근무 시간이 있는데 왜 일찍 출근해야 하죠? 10분 전에 출근해야 한다면 퇴근도 10분 전에 해야 하는 것 아닌가요?"

80년생을 대표하는 김과장과 90년생을 대표하는 신입사원 중 누구의 의견이 옳은가? 누가 문제인가? 임홍택은 누가 문제인지 따지는 것보다 90년생을 이해하는 것이 더 중요하다고 말한다.

실제로 80년생 김과장이 90년생 신입사원에게 계속해서 10분 전 출근을 요구하면 피차 힘들어진

다.

90년생은 10분 전에 오지 않기 때문이다. 다른 것도 마찬가지다. 그렇기에 80년생은 90년생과 함께 일하는 방식을 배워야 한다. 그래야 미래가 밝아진다.

최근 우리 사회에 주목할 만한 변화가 일어나고 있다. 권력이 기업에서 개인으로 이동한다는 점이다.

과거에는 면접을 보면 회사가 면접자를 평가했지만, 현재는 면접자가 회사를 평가한다.

90년생은 면접에 대한 이야기를 온라인에서 공유하며 그 회사와 면접에 대하여 평을 한다. 예를 들면 압박면접이라는 것이 있다. 면접할 때, 난해한 질문을 하고 그 대답을 어떻게 하는지 보고 평가하는가 하면, 가혹한 환경을 만들고 위기를 어떻게 극복하는지를 보고 평가하는 것이다.

그런데 지금은 회사들이 압박 면접을 잘 하지 않는다. 90년생들이 압박면접을 당하면 그런 회사들을 나쁘게 평가한다.

'그 회사는 형편없는 회사다.'

'그 회사에 가면 망한다.'

'꼰대 회사다.'

'미래가 없다'라는 혹평을 남겨 회사 이미지가 바닥을 치게 된다.

90년생들은 그런 회사를 피한다.

알리바바 그룹의 창업자 마윈은 1992년 번역 회

사를 만들어 성공한 후, 1995년 인터넷 사업을 시작했다. 이후 1999년 온라인 거래 서비스인 알리바바 닷컴을 시작으로, 2003년에는 오프마켓 '타오바오'를 창립하고, 이후 여러 계열사가 추가하며 '알리바바 그룹'으로 성장시켰다.

미국 경제 잡지 〈포브스〉는 2017년 43조 원의 부자가 된 마윈과 인터뷰에서, '성공의 비결이 무엇입니까?'라고 물었다. 마윈은 '젊은이를 믿어라'라고 대답했다.

실제로 마윈은 회사경영진은 전부 30~40대 젊은이들로 유지했다. 알리바바 그룹의 경영진 연령대를 살펴보면 60년대 생이 3%인 반면, 70년대생이 45%, 8,90년대 생이 52%였다. 마윈이 30대를 믿어줌으로써 놀라운 성장이 있었던 것이다. 30대를 인정하고 무시하지 말아야 한다.

90년생이 오는 교회를 위해 꼰대가 되지 않으려면 상대방에 대한 존중과 배려가 있어야 하고 함부로 반말 하지 않아야 하고 지나치게 참견하지 말아야 한다.

꼰대질 하지 않고, 90년생이 설 수 있는 자리를 만들어 주어야 한다.

최명덕

---

* 한국크리스천문학 등단 시인, 저서 『유대교의 기본진리』 외 다수, 건국대 히브리학과, 문화콘텐츠학과 교수 역임, 한국이스라엘연구소 소장, 한국이스라엘문화원 이사, 조치원성결교회 담임목사

사장님의 구두

손경형

손경형(소설가)

병주는 짜증이 나기 시작했다. 차창 너머로 전철을 타지 못한 사람들이 발을 동동 구르며 전철 안에 있는 사람들을 부러운 눈초리로 쳐다보고 있지만 병주는 기쁘지 않았다. 싸우듯 사람들과 아귀다툼을 벌이고, 간신히 전철 안에 발을 들여 놓을 때는 일단 지각을 면했다는 생각에 깊게 한숨까지 쉬었지만, 막상 많은 사람들 속에 끼어 수족을 마음대로 움직이지 못하게 되자 그 행운도 잠시라는 생각에 슬며시 화가 났다.

병주는 언제 이 지옥 같은 출·퇴근길을 면할 수 있을까 생각해 보았다. 그 흔한 차 한 대 없이 그저 생활에 떠밀려 다니는 자신의 신세가 처량하고 한스러웠기 때문이다. 이렇게 사람들 속에 시달리고 나면 상쾌해야 할 하루가 엉망이 되고 만다. 평상시 병주는 교통 혼잡을 피해 다른 사람들보다 약 30분 정도 먼저 출근하는 편이다. 그런데 오늘은 아침부터 아내가 바가지를 긁는 통에 출근이 늦어졌다.

- 여보, 나 용돈 좀 올려주지.

병주의 말 한 마디에 아내는 병주에게 틈을 주지 않고 몰아붙였다.

- 당신 정신 있어요. 빤한 월급에 생활비 빼고, 애들 유치원 보내고, 주택부금 붓고 나면 남는 돈 있는 줄 아세요.

- 알았어, 그만둬. 당신은 말만 하면 매일 돈, 돈, 돈타령뿐이니……. 당신은 남편이란 사람이 마음만 먹으면 돈을 찍어내는 은행인 줄 알지. 지겨운 월급 쟁이 그만두고 구멍가게라도 해볼까? 그럼 사장 소리 듣고, 마음 편하고…….

- 당신이라는 남자, 정신이 정말 없군요. 왜 그 좋은 직장 마다 하고 사서 고생하겠다는 거예요. 그리고 우리 형편에 가게 시작할 목돈이라도 있어요?

병주는 살림에 찌든 아내의 억센 얼굴을 떠올리며 눈을 감았다. 아까부터 병주의 코끝을 간질이는 앞에 선 여자의 긴 머리카락에서 향긋한 냄새가 풍겨 나왔다. 병주는 그 냄새가 싫지 않았다. 언제부턴가 아내에게서 이런 향기가 사라진 지 오래다. 요즘 아내의 모습을 떠올리면 화장기 없는 얼굴, 부스스한 머리, 김칫국물이 배어 있는 단정치 못한 옷차림…….

처녀 때 아내는 그런대로 멋을 부릴 줄 아는 센스

있는 여자였다고 병주는 생각했다. 그런 아내를 철저
하게 생활인으로 변하게 만든 것이 자기 책임이라고
생각하는 병주는 언제부턴가 그런 아내의 무질서를
비난하기보다는 무능력한 자신을 탓하기로 마음먹었
다.

병주는 아내와의 다툼을 생각하며 시무룩한 표정
으로 사무실로 들어섰다.

– 박 주임, 어디 아픈가? 안색이 안 좋아 보이네.
월급쟁이들은 몸이 재산인데 조심해야지.

최과장이 병주에게 말했다.

– 아닙니다.

병주는 자신에게 확인이라도 하려는 듯 힘 있게
대답했다.

– 커피 드시고 힘내세요.

미스 김이 병주 책상 위에 자판기 커피 한 잔을
내려놓으며 말했다. 방금 커피를 뽑아온 듯 뜨거운
김이 모락거리며 커피 특유의 향기를 풍겨냈다. 커피
를 마시며 병주는 기분을 새롭게 하려고 했다.

– 구두 닦으세요.

이른 시간부터 이 씨가 나타나 슬리퍼를 내밀며
병주의 발에서 구두를 낚아채듯 벗겨갔다. 이 씨의
손놀림은 기계처럼 정확했다. 그는 벌써 여러 켤레의
구두를 손에 겹쳐들고 사무실을 나갔다. 병주는 급히
그의 등 뒤에다 소리를 질렀다.

– 결재 맡으러 갈지 모르니까 구두 일찍 갖다 주

세요.

복도 쪽에서 얼굴 없는 목소리가 메아리치는 것처럼 들려왔다.

- 알았습니다.

최과장이 병주를 손짓하며 불렀다. 병주는 슬리퍼를 질질 끌며 과장 책상 앞에 섰다. 책상 밑으로 보이는 최 과장의 슬리퍼 신은 발이 흔들거렸다.

- 이 서류 다시 확인해 봐요. 작년 하반기 그래프와 올 상반기 그래프가 바뀐 것 같은데 검토 안 해 봤어요?

병주는 최 과장에게서 서류를 넘겨받고 미스 김에게 다시 수정해서 타이핑하라고 일렀다. 미스 김이 가져온 서류를 검토하고 병주는 다시 최 과장에게 결재를 올렸다.

- 잘됐어요. 시간이 없으니까 이 서류는 박 주임이 직접 김 부장님께 갖다 드려요.

병주는 당황했다. 슬리퍼를 신고 결재를 올려야 하다니.

병주는 서류를 가지고 옆 사무실로 들어갔다. 마침 총무과 미스터 강의 구두를 빌려 신을 수 있었다. 병주는 작은 구두에 발을 구겨 넣고 절룩거리며 김 부장에게 결재를 마치고 복도에 섰다. 한 층 걸어 올라가면 사무실이지만 다리가 아파 걸을 수가 없었다. 병주는 엘리베이터 단추를 눌렀다. 엘리베이터 문이 열리자 안으로 들어서던 병주는 주춤하고 다시 복도

쪽으로 내려섰다. 중역들과 사장이 타고 있었다.

– 우리 급한데 빨리 타지.

사장이 낮은 목소리로 말했다.

– 아닙니다. 먼저 올라가시죠.

엘리베이터 문이 닫히고 병주는 잠시 멍한 상태로 서 있다가 뛰다시피 계단을 올라 사무실로 왔다. 병주는 슬리퍼를 신은 사장의 모습을 떠올리며 괜한 웃음을 지었다. 이 씨가 닦은 구두를 가져왔다. 구두를 벗겨갈 때처럼 민첩하게 슬리퍼를 챙겨들고 사무실을 나갔다.

– 솜 일찍 가져오지. 어. 그런데 이상하다. 갑자기 구두가 커진 것 같아.

구두를 신으며 병주가 중얼거리자 모두들 웃었다.

– 그럴 리가 있나요.

미스터 백이 말했다.

병주는 고개를 갸우뚱거리며 머쓱한 표정을 지었다. 그때 마침 이 씨가 잔돈을 가지고 사무실로 들어왔다.

– 이씨, 이리 좀 와 봐요. 내 구두가 갑자기 커진 것 같아.

병주는 일부러 자리에서 일어나 사무실을 걸어 보이며 말했다.

– 제가 보기에는 딱 맞는데요. 아침부터 농담하지 마세요. 제가 이 짓한 지 10년이 넘었답니다. 그리고 이 구두 신는 사람 이 회사에서 박 주임님 한 분뿐이

에요.

병주가 점심을 먹고 사무실로 들어오는데 먼저 와 있던 미스터 백이 말했다.

- 어, 나 박 주임님 구두하고 똑같은 것 신은 사람 본 것 같은데!

병주는 미스터 백이 자기를 놀리고 있다고 생각했다.

- 그래, 그것 참 이상하군. 이 씨 말로는……. 그런데 구두 임자가 누구야?

- 그럴 리는 없지만 사장님……?

- 뭐? 말도 안 돼. 정말 그렇다면 나도 출세했네. 사장님과 똑같은 구두를 신다니.

- 혹시 사장님 구두와 바뀐 것이 아닐까요? 아까 주임님이 구두가 큰 것 같다고 하셨잖아요. 그래서 그런지 사장님 걸음걸이가 약간 이상한 것 같기도 하고.

미스터 백이 장난기 있는 목소리로 너스레를 떨며 말했다.

- 꿈보다 해몽이 좋군. 하지만 틀렸어. 이제는 구두가 크지 않은 것 같아. 내 착각이었어.

최 과장이 퇴근하는 병주에게 말했다.

- 박 주임, 오늘 한잔 어때? 내가 한잔 살 테니 가지.

두 사람은 다른 직원들과 함께 회사 앞 돼지갈비 집으로 들어갔다.

술잔이 오가며 사람들은 낮에 있었던 병주 구두 이야기를 다시 입에 올렸다.

　- 글쎄 말입니다. 아침부터 아내가 잔소리를 하더니만 하루 종일…… . 다 기분 문젠 것 같습니다. 갑자기 구두가 커지다니 말이 됩니까. 더군다나 사장님 구두하고…… .

　사람들은 병주의 말에 고개를 끄덕였다.

　- 어느 날이던가 내가 퇴근하려고 벗어 놓았던 양복저고리를 입을 때였어요. 내 옷이 분명한데 순간 남의 옷을 입는 것처럼 어색하게 느껴지더라구요.

　- 며칠 전이었어. 우연히 새벽에 눈을 떴는데 옆에 자고 있는 아내가 낯설게 느껴지는 거야.

　미스터 백과 최 과장이 병주의 말에 공감을 표시하며 자기의 이상한 경험들을 말하기 시작했다.

　- 불쌍한 샐러리맨을 위해 우리 건배합시다.

　최 과장의 말에 일제히 소주잔이 팔위로 올라갔다.

　- 건배.

손경형

* 「한맥문학」소설 등단, 한국크리스천문학가협회 회원, 한국문인협회 회원, 한국소설가협회 중앙위원, 송파문인협회 사무처장

잉꼬네 집 부영이(1)

심혁창동화작가

귀 좀 빌려 주실래요?
우리 엄마 아빠는요 히히
히…….
이런 말 다 해도 될까요?
말했다가 들키면 꾸중들 줄
알지만 아무리 생각해도 엄마
아빠는 이상해요. 그래서 가만히
있을 수가 없어요. 다른 엄마 아빠들도 그럴까요? 난
다섯 살이고 형이 하나 있고 동생은 없어요. 우리 집
에서 가장 사랑받는 귀염둥이는 나지요. 눈이 시원하
게 크고 미국 아이들보다 살결이 더 하얗고요 키도
다른 아이들보다 커요.

집에는 할머니가 계신데 귀가 안 들리셔서 누가
말을 하면 입 모양을 보고 그 말을 들으신대요. 그러
니까 엄마 아빠는 할머니가 계시면 입술을 안 보이게
얼굴을 돌리고 아무 말이나 하고 싶은 대로 하지요.
그런데요, 비밀이 둘이나 있어요. 그 하나를 먼저 알
려드릴 게요. 귀 좀 빌려주실래요?

어저께 엄마하고 아빠하고 이러시는 거예요.

엄마 : 당신은 아침마다 나를 깨울 때 그렇게밖에 못해요?

아빠 : 뭘?

엄마 : 몰라서 그래요?

아빠 : 내가 뭘?

엄마 : 발가락.

아빠 : 응, 그거?

엄마 : 결혼하기 전에 당신은 그런 사람이 아니었잖아요?

아빠 : 그랬지.

엄마 : 나하고 결혼만 하여 준다면 내 종이 되어 발도 씻겨주고 설거지는 물론 새벽밥도 지어 먹고 출근한다고 했으면서 한 번이나 지켰어요?

아빠 : 결혼하면 다 그런 거야. 어떻게 남자가 궁상스럽게 그 약속을 다 지켜?

엄마 : 그런 당신보다 시어머님이 더 귀찮아요.

아빠 : 그게 무슨 말이오? 어머니가 어때서? 날마다 무슨 일이든 거들어 주려고 애쓰시는 걸 내가 아는데.

엄마 : 귀머거리 시어머니 모시고 사는 게 쉬운 줄 알아요?

아빠 : 점점 하는 소리가! 어머니가 들으시면…….

엄마 : 듣기는 뭘 들어요. 말하는 입이나 보면 겨우 알아채시는데 옆에서 벼락이 떨어져도 못 들으시는데 그런 걱정은 왜 해요?

아빠 : 허허!

엄마가 발가락! 하고 말한 건요, 아빠가 아침이면 엄마를 발가락으로 톡톡 치면서 일어나라고 하시는 거예요. 그래도 안 일어나면 발가락으로 꼭 꼬집거든요. 우리 아빠 발가락 귀엽지요?

엄마가 할머니를 귀찮아하고 귀먹었다고 함부로 말하자 아빠가 화가 나서 어허! 하고 화를 내리는데 옆집 아줌마가 엄마한테 부탁한 것 달라고 오셨어요. 엄마가 부엌으로 들어가자 아빠가 아주 친절하게 변하여 부드러운 소리로 아줌마를 맞으시는 거예요. 조금 전에 화났던 소리를 금방 웃는 소리로 바꾸면서 부엌에 있는 엄마한테 친절하게 말했어요.

"여보오, 손님 오셨는데 차라도 내오시구려."

화가 나서 부엌으로 가신 엄마도 아주 상냥한 목소리로 바꾸어 대답했어요.

"네에에, 알았어요용. 곧 준비해 갈게용."

아줌마가 하얀 이를 드러내고 웃으면서 아빠한테 말했어요.

"호호호. 이 집에는 언제 와 봐도 양지에 노는 잉꼬부부야. 부부가 늘 웃는 얼굴에 친절한 목소리까지……."

"별 말씀을요. 잉꼬부부는 무슨."

아빠가 이렇게 말하면서 엄마 아빠는 정말 사이가 좋은 것처럼 얼굴까지 붉혔어요. 나는 이렇게 말하고 싶었어요.

"아줌마, 그게 아니에요. 엄마 아빠 지금 싸우시다가 아줌마가 와서……."

그런데 말이 안 나왔어요. 아줌마는 엄마가 가져다주

는 차를 마시면서 칭찬을 했어요.

"이 집은 언제 보아도 부부가 잉꼬라니까. 아이 부러워. 우리 집은 부엉이 흉내도 못 내요."

엄마가 아빠한테 눈을 살짝 흘겨 뜨며 말했어요.

"그 댁 어른은 언제 보아도 친절하시고 점잖으시고 예의가 바르시던데……."

"말도 말아요. 그 양반 남들한테는 기가 막히게 잘하지요. 그러면서 집안에서는 어떤 줄 아세요? 남한테 하는 것 반만 해주면 내가 날마다 업고 다닐 거예요."

아빠가 말했어요.

"그럼 리가 있습니까."

"그럴 리가가 아니에요. 우리 영감은 진짜 속 다르고 겉 다르다니까요. 내 말 좀 들어보실래요? 이 댁에 오면 언제나 깨 쏟아지는 소리에 깨 볶는 고소한 냄새가 가득한데 우리 집은 고드름 매달린 추녀 같고 시베리아 벌판 같아요."

아빠가 재미있어 하실 때 지으시는 웃는 얼굴로 말했어요.

"우리 집이 그런 것 같습니까?"

"깨 볶는 냄새가 가득한 집은 이 집뿐일 거예요."

아줌마는 아빠를 웃으며 바라보셨어요. 참 이상해요. 나는 아무 냄새도 안 나는데 아줌마는 우리 집에서 깨 볶는 냄새가 난다는 거예요. 그래서 난 이렇게 말하고 싶었어요.

"아줌마, 거짓말 하지 마세요. 우리 집에서 깨도 안 볶는데 무슨 냄새가 난다는 거예요!"

그러나 어른들이 말씀하실 때는 어린것이 끼어들면 안 된다고 할머니가 말씀하셔서 나는 입을 다물고 있었어요. 아줌마는 또 이런 말을 했어요.

　"우리 영감은 따리만도 못해요. 아무 밥이나 주면 좋아하고 밤이면 제 자리에 가서 잠자는 따리만도 못하다니까요."

　따리는 그 아줌마네 집에서 기르는 아주 작고 하얀 강아지인데요, 어미 쥐보다도 작아요. 그런데 그 집 아저씨가 그 강아지만도 못하다고 하면 말이 되나요?

　아빠가 웃으시며 대답했어요.

　"아무리 그래도 따리만도 못하겠습니까?"

　"아니에요. 따리는 주는 대로 먹는데 영감탱이는 국이 짜다 생선은 바다로 갔나? 요새 소 값이 싸다는데 소는 어디로 갔나, 밥이 너무 되고…… 한 번도 얌전히 먹는 날이 없고 밤엔 술 마시고 밖에서 자고 오기도 하고……. 그러니 따리만도 못하다는 거 아닌가요?"

　"……."

　아빠는 아무 말도 못하고 가만히 듣기만 했어요. 아줌마는 자기 집 이야기를 하다가 가셨는데요, 그 아줌마가 우리 엄마 아빠 흉을 보고 가신 것 같아요. 아빠도 그러셨거든요.

　"김치가 이게 뭐야, 너무 시고 짜고……."

　그러시면 엄마가 뭐라는지 아세요? (다음호에 계속)

어머니를 팝니다

이건숙

이건숙(소설가)

부활절 아침 예쁘게 장식한 달걀을 받고 유치부에 다니는 딸, 유나가 좋다고 팔딱거린다. 유치부 교사로는 나이가 60대인 유나의 선생님은 아이들과 잘 어울릴 것 같지 않았는데 이상하리만치 그림재주도 있고 유치부 교사의 특기인 율동도 잘해서 인기가 많았다. 아내가 특별히 그 선생을 좋아하는 게 아마도 그녀에게서 친정어머니를 느끼는 모양이다.

"여보! 오는 화요일 공휴일 점심에 선생님을 초대해서 식사대접하지요. 그래야 유나도 교회에 더 정이 들 것 아니오."

"잊지 말고 지금 당신이 만나서 아주 약속을 잡아요."

아내는 유나의 손을 잡고 아이들을 보내고 교실 정리를 하고 있는 선생님에게 가더니 조금 실쭉해서 돌아왔다.

곁에 선 유나는 입을 삐죽거리면서 울음이 터지기 직전이다.

"왜 그러니 유나야?"

아내는 딸의 반응에 시무룩해서 말을 아낀다.

"선생님은 그날 한식이라 할아버지, 할머니 산소에 벌초하고 성묘하러 가는 날이래요."

유나는 차에 타서 아예 엉엉 소리 내서 울어댄다. 그러더니 운전하고 있는 내 등을 작은 주먹으로 암팡지게 때리면서 야단을 한다.

"우린 왜 할머니, 할아버지가 없어. 다른 아이들은 모두 할머니, 할아버지가 있어서 선물을 받고 자랑도 하는데 왜 우린 없느냐고."

우리 부부는 입을 꾹 다물고 침울해졌다. 둘이 다 고아원에서 자라 자수성가해 이 자리까지 온 걸 아이가 어떻게 이해할 수 있겠는가. 일생 부모가 없다는 것은 가슴에 푸른 멍을 안겨주었다. 모두 음울한 분위기에 휩싸여 집으로 와서 아내는 점심을 차린다고 부엌으로 횅하니 들어가고 화가 잔뜩 난 유나는 자기 방에 들어가 침대 위에 엎드려 누워버렸다. 나는 안락의자에 앉아 어제 토요일에 온 신문을 펼쳤다. 우연히 신문광고란에 눈이 멎었다. 아주 큰 지면을 할애한 광고의 내용에 나는 화들짝 놀랐다.

'어머니를 천만 원에 팝니다.'

세상에! 어머니를 판다니! 이게 도대체 무슨 소리지. 광고는 꽤 큰 글자로 쓰고는 그 밑에 자잘한 글씨로 내용이 나왔다.

'제 어머니는 중풍에 걸려 왼쪽 반신을 쓰지 못합니다.

딸인 제가 5년을 돌봤는데 도저히 이젠 견딜 수가 없습니다. 누구든지 이런 어머니를 필요로 하는 사람에게는 천만 원 받고 팔겠습니다.'

그 밑에 연락 전화번호가 있었다. 나는 그 번호를 잽싸게 종이쪽에 옮겨 적고는 점심을 먹은 뒤에 아내에게 말했다.

"유나를 위해 할머니를 한 분 삽시다. 우리도 부모 사랑을 못 받았으니 어머니를 사서 모시고 싶군."

"어제 뉴스에 상가건물 가진 아흔 살 넘은 어머니를 자식들이 여행 가자고 모시고 가서 무인도에 버려 굶어죽기 직전에 낚시꾼들이 발견하고 경찰에 신고했다는데 자식들이 어떻게 부모를 버려요. 아주 이상한 시대가 되었어요."

나는 어머니를 천만 원에 판다는 광고지 내용을 아내에게 설명하자 아내도 잔잔하게 웃더니 고개를 가만히 끄덕거리면서 소곤거렸다.

"고려장 치르는 자식보다 낫군요. 아마 너무 가난한 데다 아픈 어머니 모시다가 천만 원 빚을 진 모양이군요. 몰래 내다버리는 자식들보다 솔직해서 마음이 놓이네요. 중풍이라고 하지만 우리가 손발이 되어서 잘 돌보고 도와드리면 아마도 우리와 10년은 사실 것 아닙니까. 저도 어머니라고 부를 분을 집에 모시고 싶어요. 돌아가신 뒤에 산소가 있으니 유나랑 우리 부부가 벌초도 하고 성묘하러 갈 수도 있으니 얼마나 좋아요!"

우리 부부는 밤새워 계획을 세웠다. 24평의 작은 아파트에 방이 둘뿐인데 어디에 모실 것이냐가 문제였다. 다음날 아침 식탁에서 아내가 조심스럽게 입을 열었다.

"사실 너에게 할머니가 시골에 살아계셔. 그런데 방이 없어 못 모시고 있단다."

그러자 유나가 눈을 동그랗게 뜨고 손뼉을 치며 소리쳤다.

"내가 할머니하고 한 방을 쓰면 되잖아. 사실 나 혼자 자는 게 가끔 무서웠는데 할머니 오시면 너무 좋다."

"그런데 할머니가 한쪽 다리와 팔을 못 써서 부축해 드려야 해."

"걱정하지 마. 내가 할머니 도와줄 수 있어."

할머니를 도와주자면 밥을 많이 먹고 튼튼해야 한다면서 유나는 아침에 준 밥 한 공기를 거뜬하게 먹고는 너무 좋아 팔딱팔딱 뛰었다. 우리 부부는 은행에 붓고 있던 적금을 깨서 천만 원을 만들어 놓고 광고지의 번호로 전화를 넣었다. 광고를 낸 딸인지 다정하게 전화를 받았다.

"광고를 보고 전화합니다. 저희가 할머니를 사고 싶어요."

줄 저쪽에선 잠시 침묵한다. 그러면 그렇지. 귀한 부모를 어찌 판다고 할 수 있겠어. 긴장한 나는 침을 꼴깍 삼켰다. 한참 뜸을 드리더니 줄 저쪽에서 멈칫거리면서 말을 더듬는다.

"지금까지 수없이 받은 많은 전화는 현대판 고려장이냐고 항의하고 욕을 하고 버리면서 돈까지 받느냐고 난리인데 정말 제 어머니를 사시겠습니까?"

"네! 저희 부부는 고아원에서 자라 부모 없이 커서 어머니를 모시고 사는 것이 소원입니다. 돈도 적금을 깨고 마련했으니 꼭 어머니를 사고 싶어요. 저희에게 어머니를 파세요. 제 딸이 할머니를 모셔오라고 난리예요."

"중풍환자인데 그것도 괜찮아요?"

"저희가 정성껏 돌보면 되지요."

우리 가정의 신상명세서를 요구해서 보내주고 열흘간의 오랜 협상 끝에 간신히 주소를 받아든 우리 부부는 택시를 타고 주소지를 기사에게 내밀었다. 그는 주소를 내비에 찍어 넣고는 강북 쪽으로 차를 몰았다. 도심지를 지나 부자들이 사는 으리으리 번쩍한 대궐 같은 집들이 모여 앉은 부촌으로 택시가 들어간다. 우리 부부는 얼떨떨해서 기사가 주소를 잘못 입력하고 가는가 걱정이 되었다. 어머니를 팔려고 하는 정도라면 가난을 견디지 못하고 파는 것일 터이니 이런 부자들이 사는 곳이 아닐 거라는 생각에 괜히 택시비만 나가는 것이 아닌가, 아니면 이 여사가 우리를 속이고 장난질치는 것일까 하고 머리를 갸웃거렸다. 택시기사는 대문이 엄청나게 크고 갸나가는 정원수들이 담 위로 삐죽삐죽 얼굴을 내민 집 앞에 우리를 내려주었다.

"여보! 이상해요. 그 여자가 우릴 갖고 노는 모양이야. 어떻게 이런 집에 사는 사람이 어머니를 천만 원 받고 팔겠어요. 그냥 돌아갑시다."

그래도 한 번 초인종이나 눌러보고 가자고 고집을 부리며 나는 깊게 세 번 눌렀다. 문이 벌컥 열렸다. 높은 계단을 올라가 잔디가 깔린 정원에 비싼 오송을 심은 현관입구가 눈에 들어왔다. 주눅이 든 우리 부부는 멈칫거리면서 되돌아나가려 하는데 앞치마를 두른 젊은 여인이 나와 우리를 안으로 인도했다. 거실에는 벽난로가 있어 소나무가 타는 은은한 냄새가 집안에 가득했다. 거실 안락의자에 무릎 위에 담요를 덮은 여인의 백발머리가 보였다. 우리 부부는 기가 죽어 둘레둘레 집안을 보면서 꿰다놓은 보리자루처럼 앉지도 못하고 엉거주춤 한 구석에 서 있었다.

"아무래도 저희가 잘못 온 것 같습니다."

"광고를 보고 전화하신 분들이지요?"

"네! 어머니를 사러 왔는데 여기가 아닌 것 같아요."

"맞아요. 여깁니다."

따뜻한 인삼차와 다과가 나오고 할머니는 천천히 입을 떼기 시작했다. 뜨거운 차가 들어가니 마음이 살살 가라앉기 시작해서 우리 부부는 놀란 눈으로 그 할머니의 입을 주시하면서 안쪽을 기웃거렸다. 중풍에 걸린 할머니를 찾느라고 아내는 아예 그녀가 누워 있을 방이 어딘가 찾느라고 두리번거렸다.

"내가 돈을 많이 벌었는데 가족이 없어요. 해서 자식을 사려고 광고를 냈지요. 돈까지 아끼지 않고 어머니를 살 사람이 진짜 자식이라고 전 믿어요. 유나를 데리고 어서 이 집으로 이사해서 내 아들 딸, 그리고 손녀가 돼주어요."

우리 부부는 정신이 얼얼해서 도깨비에 홀렸나 하면서 머리를 흔들고 이마를 주먹으로 꽝꽝 때렸다.

李鎭叔

* 한국일보 신춘문예 당선, 서울대학교 독어과 졸업, 미국 빌라노바 대학원 도서관학 석사, 단편집:『팔월병』외 다수, 장편 『사람의 딸』외 9권, 들소리 문학상, 창조문예 문학상, (현):크리스천문학나무(주간)

한민회(韓民會) 결성 창간사

— 2000년 3월 1일 韓民會誌 발행 —

광복 50주년을 계기로 해외에 거주하는 독립운동 가족이 한국을 방문하였던 감동적인 기억을 잊을 수 없습니다. 또 그해 12월에 안중근 의사를 추모하는 '21세기와 동양 평화론'을 이야기하였던 모임도 매우 뜻깊은 행사였습니다. 98년 8월 정부수립 50주년 기념행사에 이어 99년 4월에는 다시 대한민국임시정부수립 80주년을 기념하는 행사에 임시정부 관련 인사가 방문하여 임시정부의 정통성을 공고히 하고, 선열의 고귀한 정신을 다시 한 번 확인함과 아울러 후손들 간의 유대를 돈독히 할 수 있었던 값진 추억을 만들었습니다.

이 모든 값진 모임들이 세월의 흐름에 따라 우리들의 기억 속에서 점차 사라져 가고 있음은 매우 안타까운 일이 아닐 수 없습니다. 그리고 선열의 고귀한 정신을 각국에 전파하여 세계 평화에 일조하겠다고 다짐하였던 그 당시의 결심도 별로 진전 된 것이 없다고 생각합니다. 그래서 이 의미 있는 여러 추억들을 다시 정리하고 세계 각국에 흩어져 있는 회원들의 친목을 도모하며, 계속하여 서로 소식을 전할 수 있도록 한다는 취지에서 이 모임을 만들게 되었습니다. 이 모임의 결성을 계기로 회원 상호간에 소식을 교환하여 친목을 도모하고, 선열의 유지를 받들어 한민족의 발전과 세계 평화에 기여할 수 있는 희망찬 2천 년대를 맞이하게 되기를 기대합니다.

국제한국연구원장 崔書勉

경복궁을 방문한 한민회회원둘

앞으로 韓民會 최용학 회장님의 후원과 협조로
항일투사 실록을 연재합니다.

장암동 참안 유지 기념비|獐巖洞 慘案 遺址 紀念碑

용정의 기념사업

1919년 3월 13일 만주 용정龍井의 서전 벌판에서 일어났던 대규모 항일시위에서는 공덕치孔德洽 선생 등 19명이 피살 순국하였다. 대한민국 정부에서는 이분들의 공적을 새로 찾아내어 1991년에 건국훈장을 추서한 바 있다.

이러한 선구자의 고장인 용정에서는 '3·13기념사업회'를 조직한 최근갑崔根甲(73) 회장의 활약상이 돋보인다. 최 회장은 1989년에 서울의 윤병석尹炳奭 교수, 연변의 차창욱車昌煜 교수와 함께 3·13항일운동의 역사를 새롭게 발굴하고, 여러 차례의 현지답사 끝에 3·13 순국열사 13인의 합동 묘소를 찾아냈다. 그 이후 최 회장은 허청리墟淸里(현재의 合成里)

에 소재한 13의사의 묘소에서 해마다 성대한 추모제를 거행하였으며, 1993년 5월에는 화강암으로 '3·13반일의사릉'이라 새긴 묘비를 세웠고, 1996년에는 대대적인 공사를 벌여 동 묘역을 성역화 하는 데 크게 기여하였다.

특히 3·1독립운동 80주년이 되는 1999년에는 '연변대학민족연구소' 및 연변 해외문제연구소와 공동으로 3월 12일과 13일 이틀 동안 추모 행사와 학술 대회를 개최하여 큰 성황을 이루었으며 기념논문집도 간행하였다. 뿐만 아니라 최 회장은 3·13 독립운동 장소인 용정시 제일유치원에 '서전대야유적지西甸大野遺跡地'라는 기념비도 세웠고, 이밖에 용정 일대에 '서전서예기념비', '명동학교기념비' 등 항일유적지임을 알리는 여러 표석을 건립하였다.

또한 1999년 6월 30일에는 1920년 10월의 장암동 33명 학살 장소에 '장암동참안유지' 기념비를 세웠다. 장암동 학살 만행은 일본 제국주의자들이 자행하였던 제암리교회 방화학살 사건과 비슷한 일본군의 만행이었다. 또 1920년 1월 윤준희尹俊熙, 최봉설崔鳳卨 등이 군자금 확보를 위해 조선은행 송금 마차를 습격하였던 장소에는 '탈취15만원사건유지奪取15萬圓事件遺址'라는 기념비를 건립하는 등 한민족의 위대한 독립운동사를 후세에 알리기 위한 노력을 필생의 사업으로 계속 추진하고 있다.

청산리 민족혼의 계승

‖ 김좌진 장군 친일설 비판 ‖

독립전쟁 최대의 승첩이었던 청산리 독립 전쟁의 영웅 백야 김좌진 장군의 파란만장한 생애에 대한 평가, 나아가서는 장군에 대한 후손들의 무관심은 우리를 슬프게 한다. 그런 중에도 장군의 출생지인 홍성군의 리상선 군수는 장군에 대해 각별한 애정을 가지고 10여 년간 물심양면의 노력을 기울인 결과, 장군의 생가를 복원하고 기념관을 건립하는 등 성역화 사업을 거의 마무리하고 있는 중이다.

그러나 아직까지도 일부 사람들 외에는 그러한 성지가 있는지조차 모르고 있는 것이 현실이다. 더욱 놀라운 일은 장군의 업적을 왜곡하고 변질시켜 장군을 매도하려는 불순한 의도를 가진 이들이 있어 우리를 안타깝게하고 있는 점이다. 그 중에서도 특히 북한의 사회과학원에서 작성된 '김좌진의 자료'를 살펴보면 자괴감을 금할 수 없다. 이 자료는 김정명의 '조선독립운동', 일제의 '고등경찰보', 재 하얼빈 야마우찌 총령사 보고서(1923. 3. 18. 5. 9. 5. 18) 등을 근거로 제시하고 있다.

"김좌진은 1923년 5월 해림 조선인 회장을 통하여 일제의 하얼빈 총령사 야마우찌에게 〈귀순〉을 제기하면서 농사자금을 대줄 것을 요구하였다. 이러한 사실이 폭로되자 녕고탑의 조선인 10여 명이 김좌진을 체포하여 그의 죄행을 폭로 규탄 하고 목침으로 머리를 쳐서 부상당하게 하였다. 그는 일제에게 투항 변절하였으며 민족주의운동 내부에 대한 분열, 파괴, 책동을 감행한 것으로 하여 밀산현 동선 산시청 마을 자기 집 정미 기계를 수리하고 있는 것을 1930년 1월 재중 한국 총동맹원 김신준(일명 박신)이 권총으로 쏘아 처단되었다."

이렇듯 일제 측 자료를 확대 과장하고 왜곡하여 장군을 매도하고 있음은 물론이고, 의도적으로 민족분열을 조장하는 그릇된 결론을 짓고 있는 것이다.

"오늘 남조선 괴뢰 도당은 그를 민족의 〈영웅〉으로 청산리 전투의 주동분자로 내세우고 있다. 이것은 역사에 대한 우롱이고 역사적 사실에 난폭한 왜곡행위이다. 남조선 괴뢰 도당이 이러한 행위를 하는 것은 저들의 사대투항주의적 매국매족행위를 역사적 사실의 왜곡을 통하여 합리화해 보려는 불순한 목적에서 나온 것이다. 그러한 행위는 이른바 〈민족 사적정통성론〉을 들고 우리의 영광스러운 항일혁명 투쟁의 빛나는 전통을 훼손하려는 데 그 주되는 목적의 하나가 있다."

이는 북한이 저들의 우상화정책 또는 주체사상을 합리화하려는 의도에서 작성된 기술이라고 하겠지만, 중요한 관련자료도 신중하게 조사하지 않았을 뿐 아니라 역사적 진실가

지도 간과하여 오직 미리 설정해 놓은 결론을 도출하기 위한 꿰맞추기에 불과하다는 것을 아래와 같은 사실로 입증할 수 있다.

첫째, 김좌진 장군은 일제에 귀순 제기하였다고 하는 1923년 5월 이후에도 1925년 3월에는 신민부 군사부위원장 겸 총사령관으로 활동하였고, 동년 10월에는 대한민국 임시정부의 국무원에 임명되었으며(미취임), 1927년 2월에는 중국 구국군 사령관 양우일(楊宇一□)과 공동으로 한중연합 항일구국전선을 결성하였을 뿐 아니라 북만한인교육회를 조직하여 자주독립과 문맹퇴치교육에 중점을 두어 해림시 경내만 하더라도 고령자 학교, 구가학교, 동흥학교, 기성학교, 신장학교 등을 건립하였다. 현재 이들 학교 중 해림시 조선족 소학교와 조선족 중학교 등이 설립 당시의 교훈을 간직한 채 민족 자주와 독립정신의 전통을 계승하여 후세 교육을 계속하고 있다. 1928년에는 정의부, 참의부, 신민부 3부 통합운동을 주도하였으며 그 결과 혁신의회를 구성하였고, 1929년에는 한족총연합회를 조직하여 항일 독립운동을 주도하는 등 작고할 때까지 8년여 간을 일제침략자를 구축하기 위하여 일편단심 민족의 제단 앞에 신명을 바쳐 왔음이 각종 관련 자료에서 확인되고 있는 것이 다.(이러한 사실을 입증할 수 있는 자료로서는 귀순설의 근거로 제시하고 있는 김정명의 조선독립운동 1,11,Ⅲ과 고등경찰요사 외에도 1923-1930년 간 장군의 활동에 대한 조선일보, 동아일보, 독립신문 등의 기사와 임시정부 문서, 조선민족운동연감, 소화특고탄압사, 기려수필, 임시의정원, 문서, 한국민족운동사

료, 일제침략하36년사, 국외용의조선인명부 등 여러 가지 원전적 자료 등이 있음.)

둘째, 1923년 4월 21일자 동아일보 기사를 보면 당시의 정황을 충분히 파악할 수 있다.

"대한군정서장 김좌진 씨와 적기군 사령관 김규식 씨는 연합하여 로중 양국 국경 각지에 흩어져 있는 군인을 소집하여 한편으로 사관학교를 설립하고 사관 이백여 명을 교련시키며(중략) 대련일보 4월 1일 호에 게재된 김좌진 귀순 신립설은 전혀 무근한 사실이므로 김좌진 씨는 이와 같이 허무맹랑한 풍설을 세상에 전파함에 대하여는 도저히 용서치 못하겠으므로 곧 합당한 방법으로 처리한다고 선언하였더라. (합이빈)"

"셋째, 임시 정부에서 간행 한 1923년 5월 2일자 독립신문의 기사를 보면 이것이 일제 측의 반간책反間策이었음을 명백하게 확인할 수 있다.

"대판조일신문大板朝日新聞 급 장춘실업신문長春實業新聞에 김좌진이 하얼빈 적敵 영사관에 귀순하였다는 설을 기재하였으나 전연 무근함이요 적은 우리 사업을 방해 키 위하여 반간책反間策을 롱함인 즉 차에 속을 이가 없으려니와 씨는 오직 실력을 양성키 위하여 금년도부터 길림성 모처에서 둔전제屯田制 및 사관양성소를 설립하여 100여 명을 교수중이다.

넷째, 장군이 암살되자 북만北滿 중동선 산시참中東線 山市站에서 독립운동 지도자 등 73인으로 장의위원회가 구성되어 성대한 사회장을 거행하였다는 사실이 1930년 조선일보, 동아일보 등에 게재되었고, 당시 장의위원으로 참여했던 이강

훈李勛 선생의 증언으로도 알 수 있다.

다섯째, 일제 외부성 경찰사 중 1930년 6월 27일부로 북평의 일제 실야공사관矢野公使官 1등서기관이 폐원幣原 외무대신에게 보고한 부령선인간행물不逞鮮人刊行物 '탈환'의 김좌진에 관한 기사에는 '고 김좌진 同志의 약력'과 '산시사변의 진상'이라는 내용이 담겨져 있는데, 이 기사에서도 귀순설은 전혀 사실무근임이 확인되고 있다. 또한 이 기사에는 암살자의 음모와 악행에 관해서도 암살 다음날 하얼빈에서 간행 된 로국露國 기관지의 소위 '공성 토비 강도 살해'라는 제목의 기사 내용을 인용하여 상세히 밝히고 있다. 즉 이 사건의 주모자는 북경에서 김천지金天支와 함께 공산주의 간행물 '혁명'을 발행하던 김봉환金鳳煥(一名 一星)이라는 자로서 고려 공산당 만주총국의 주요 간부이던 이주홍李周弘, 이철홍李鐵共, 김윤金允 등과 더불어 한족총연합회에 內訌이 있다고 하는 등 중상적 리간책을 선전하여 동회의 분열을 도모하였으며, 박상실朴商實을 매수하여 김좌진을 암살하였다는 것이다.

여섯째, 장군의 서거 후 서울에 온 미망인 나혜국羅惠國 여사의 1932년 3월 삼천리 잡지와의 인터뷰 내용을 보면, 장군이 암살되던 당일에도 송월산朱月山을 비롯하여 보안요원 3명 등이 동행하여 박상실의 저격을 목격하였으나 무기를 소지하고 있지 않아 체포하지 못했고, 장군은 당시 휘하에 5백여 명의 독립군을 거느리고 있었으며 외출 시에는 중국군의 호위까지 받았다고 하는 등의 정황을 증언한 점 등을 보더라도 장군의 귀순설은 터무니없는 반간책이었음이 확인된다고 하겠다.

중국의 학계에서도 그동안 1930년 초에 조선공산당 만주총국의 선전 부장이었다는 양환준梁煥俊의 증언 등을 근거로 북한의 주장을 수용하여 왔었으나 사실규명의 필요성을 인정하여 1993년 7월에 김좌진장군연토회金佐鎭將軍硏討會를 개최하였다. 즉 중국 조선민족사학회(이사장 韓俊光)에서는 1993년 7월 5일부터 7월 9일까지 5일간 장군이 활동하던 중국 흑룡강성의 해림시에서 해림시 인민정부 후원 아래 관련 학자 등 80여 명이 참석한 가운데 김좌진장군연토회를 가졌다. 이 연토회에서는 찬반토론이 활발하게 전개되었으나, 1927년부터 1931년 2월까지의 봉천경찰총서, 동성東省특별구 경찰총관리처, 하얼빈 주일령사관의 보고서, 신민부 훈령 등을 근거로 김좌진 장군의 귀순설은 사실무근으로서 이는 이념의 차이 때문에 야기된 불상사였다는데 의견의 일치를 보았다. 따라서 김좌진 장군은 한 시대를 대표하는 애국자, 민족영웅 항일명장으로서 걸출한 군사전문가, 정치가였다는 결론을 도출하였다. 한준광 이사장은 이를 기초로 현재 '김좌진 논문집'을 간행하기 위해 준비중에 있다고 한다. 이러한 결과에 따라서 해림시 인민 정부 당국서는 한중 양국민의 공동의 적인 일본침략자와 싸운 김좌진 장군의 불후의 공훈을 기념하고 후대 교육 및 한반도 평화 통일에 기여한다는 취지 아래 김좌진 장군 기념사업을 대대적으로 전개하기로 하였다. 이를 위해서 해림시 중심 지역에 백야공원白冶公園 부지 3만 평을 확보하였는데 이에는 백두산기업집단 이동춘李東春 회장의 힘이 컸다고 한다.

그리고 현지에서 구성된 김좌진 장군 연구회 원성희元聖熙

회장의 적극적인 활동과 중국해림시위원회 허전부(許傳富) 서기 (前 海林市長)의 전폭적인 지원은 물론이고 중국 해림시위원회와 정협 해림시위원회 그리고 해림시 인민정부 등 관련 기관이 모두 합심하여 이 사업을 지원하기로 결정하여 현재 관련 사업이 단계적으로 진행되고 있다고 한다. 특히 99년에는 장군이 거주하던 산시진의 옛집과 정미소를 복원하였으며, 앞으로 재원이 조달되는 대로 묘소 터 정화 및 기념공원 조성 등의 사업도 계속 추진할 계획이라고 한다. 다만 기념 공원의 조성 규모가 방대하기 때문에 현지의 재정만으로는 감당하기 어려우므로 국내외 독지가의 지원을 기대하고 있다고 한다. 〈2권에 계속〉

자료제공 : 「韓民會」 이사장 崔勇鶴(전 평택대학교 대학원장)

홀로코스트(1)

평화가 깨지는 아픔

모세는 성姓을 한 번도 가져보지 못한 사람이다. 그가 유대교의 하시딤파 회당 관리인으로 잡일을 맡아 하지만 아무도 이름밖에 모른다. 그래서 그를 성도 없이 이름만 부른다.

이 이야기의 주인공 엘리위젤은 어린 시절을 시게트라는 작은 마을에서 행복하게 자랐다. 그리고 모세를 좋아했다.

모세는 매우 가난했고 검소하게 살았다. 그 마을 사람들은 가난한 이웃을 잘 도와주는 편이었지만 가난한 사람들을 좋아하지는 않았다. 그러나 회당 관리인 모세만은 예외였다.

누구도 그를 귀찮게 여기지 않았고 그도 남에게 피해를 입히지 않았다. 그는 자기 자신을 남에게 하찮은 존재로 보이지 않게 하는 처신에 능한 편이었다.

그는 늘 어리벙벙해 보였지만 사람들은 그를 집 잃은 아이 같이 겁먹은 얼굴로 조심스러워하는 모습을 보고 웃기도 했다.

엘리위젤은 꿈을 꾸는 듯한 커다란 눈망울과 생각에 잠겨 먼 곳을 바라보는 눈길을 좋아했다.

모세는 평소 말이 없었다. 그 대신 그는 노래를 부른다기보다는 혼자 찬송가를 흥얼거리는 버릇이 있었다. 이 흥얼거리는 노래를 들어보면, 거룩한 사람들의 고난이나 밀교密敎의 가르침에 따라 인간의 고난 속에서 자신의 구원을 기다리는 '깊은 신의 섭리'를 구하는 내용이었다.

엘리위젤이 그를 알게 된 것은 1941년이 저물 무렵이었다. 그 때 엘리위젤은 열두 살로 꽤 신앙심이 깊었다. 낮이면 「탈무드」(Talmud:유대교의 율법과 그 주석서-역주)를 공부했으며, 밤이면 회당으로 달려가 예루살렘 성전의 멸망을 슬퍼하며 울곤 했다.

엘리위젤은 아버지에게 밀경 공부를 지도해 줄 선생을 구해달라고 졸랐다. 그러자 아버지는 이렇게 말했다.

"네가 그런 걸 공부하기엔 아직 이르다. 신비주의의 위험한 세계를 모험하려면 적어도 서른 살은 되어야 한다. 넌 네가 이해할 수 있는 기초적인 과목이나 공부하도록 하여라."

엘리위젤 아버지는 교양 있는 분으로 다소 냉정한 편이었다. 그래서 집안에서는 감정을 함부로 나타내는 일이 없었다. 오히려 집안 식구들보다는 마을사람들에게 관심이 더 많은 편이어서, 시게트 유대인 사회에서는 가장 존경을 받았다. 마을 사람들은 공적인 일뿐만 아니라 개인적인 일까지 엘리위젤 아버지와 상의하였다.

엘리위젤은 삼남매 중 막내였다. 첫째 누나 이름은 힐

다.

둘째 누나는 베아, 셋째가 외아들 엘리위젤이다. 막내 아들 엘리위젤은 집안의 귀염둥이로 사랑을 독차지했다.

부모님은 가게를 경영하고 힐다와 베아는 부모님을 위해 가게 일을 거들었고 엘리위젤은 공부만 했다.

아버지는 가끔 이렇게 말했다.

"시게트에는 밀경을 연구하는 학자가 없단 말야……."

아버지는 이런 말을 수시로 했는데 그 뜻은 엘리위젤이 밀경 공부 생각을 버리게 하려는 데 있었다. 그러나 그런 바람은 소용이 없었다. 엘리위젤 스스로가 스승을 찾았기 때문이다.

엘리위젤의 스승이란 회당 관리인 모세였다. 어느 해 질 녘, 기도를 드리고 있는 엘리위젤을 그가 알아보고 물었다.

"기도를 드리면서 왜 우니?"

그는 오래 전부터 잘 알고 있었다는 듯이 불쑥 물었다.

"나도 모르겠어요."

엘리위젤은 이렇게 대답했지만 여간 당황스런 것이 아니었다. 지금까지 그런 의문이 머리에 떠오른 경우는 한 번도 없었기 때문이다. 엘리위젤은 생각했다.

'내가 우는 건 나의 마음속에 눈물을 필요로 하는 무엇이 있기 때문이다.'

이것이 그가 알고 있는 모든 것이었다. 그가 잠시 후에 또 물었다.

"너는 무엇 때문에 기도를 한다고 생각하니?"

"……"

엘리위젤은 선뜻 대답하지 못하고 또 생각을 했다.

'왜 나는 기도를 했을까? 정말 이상한 질문이다. 왜 나는 살고 있을까? 왜 나는 숨을 쉬고 있을까?'

그리고 대답했다.

"나도 모르겠어요."

엘리위젤은 더 당혹감을 느끼면서 안절부절못하고 말했다.

"그 이유를 모르겠어요."

그 날 이후, 엘리위젤은 모세를 자주 만났다. 그리고 모세는 모든 질문을 거짓으로 대답하지 못하게 하는 어떤 힘을 가지고 있다고 생각했다. 모세는 강력한 어조로 설명했다.

"인간은 하나님께 던지는 질문에 의해 하나님을 향하여 스스로 성장해 가는 거야."

그는 말을 반복하기를 좋아했다.

"그것이 참다운 대화라는 것이지. 인간은 하나님에게 질문을 던지고, 하나님은 거기에 대답하는 거야. 하지만 우리 인간은 하나님의 대답을 이해할 수 없는 거야. 그 이유는 그 대답이 영혼의 깊은 곳에서 나오며, 죽을 때까지 거기에 머물러 있기 때문이지. 엘리제르야, 너는 그 대답을 오직 네 자신의 마음속에서밖에 찾을 수 없는 거야!"

"그럼 모세는 왜 기도를 하시죠?"

이번에는 엘리위젤이 그에게 물었다.

"나는 내 마음속에 계시는 하나님에게, 그분에게 올바른 질문을 던질 수 있는 힘을 주십사 하고 기도하고 있어."

그 후에 두 사람은 거의 매일 저녁 만나서 이런 대화를 나누었다. 모든 신자들이 떠난 후, 회당 안에 둘이만 남아 반쯤 탄 촛불들이 깜박이는 어스름 속에 앉아 있기도 했다.

어느 날 저녁, 엘리위젤은 그에게

"유대교 신비주의의 비결이 수록되어 있는 밀교서적인 〈조하르(Zohar)〉를 가르쳐 줄 스승을 시게트에서 구할 수 없는 것이 얼마나 불행한 일인지 모르겠어요."라고 했다.

모세는 부드러운 미소를 머금은 채 오랜 침묵을 지킨 다음, 이렇게 말했다.

"신비주의라는 진리의 과수원으로 통하는 문은 수없이 많단다. 인간이면 누구나 다 자기의 문을 하나씩 가지고 있는 거야. 하지만 모두는 절대로 우리 자신의 문 이외의 다른 문을 통해서 들어가고 싶다는 욕망을 품어서는 안 되는 거야. 그런 과오는, 거기에 들어가는 사람뿐만 아니라, 이미 거기에 들어가 있는 사람들에게도 위험한 거야."

그러면서 맨발의 가난한 회당관리인 모세는 아주 긴 시간 동안 밀경의 계시와 신비에 대해서 자세한 이야기를 들려주는 것이었다.

엘리위젤의 밀경 입문은 모세와 더불어 이렇게 시작되었다. 그들은 〈조하르〉의 똑같은 페이지를 열 번도 넘게

거듭 읽었다. 그것은 단순히 그 내용을 마음으로 배울 뿐만 아니라, 거기에서 그 신성한 본질을 추출해 내기 위해서였다.

그런 저녁 시간을 통해서 엘리위젤의 내부에서는 회당 관리인 모세가 그를 영원으로, 질문과 대답이 '하나'가 되는 영원한 시간 속으로 데려갈 것이라는 하나의 확신이 점점 굳어져 가고 있었다.

그러던 어느 날 슬픈 사건이 벌어졌다.

당국에서 모든 외국 국적 유대인을 시게트에서 추방하는 것이었다. 회당관리인 모세도 외국인이어서 피할 수가 없었다. 갑자기 추방당하게 된 사람들은 헝가리 경찰에 의해 가축운반용 화물열차에 빽빽이 실렸다.

정들었던 얼굴들이 모두 실려 가는 것을 보고 모두들 울고 또 울었다. 엘리위젤도 플랫폼에 서서 그들을 바라보며 울었다. 열차는 지평선 너머로 아득히 사라지고 그들이 사라진 지평선 위로는 칙칙한 연기만 어지럽게 흘렀다. 엘리위젤은 뒤에서 들려오는 어느 유대인의 탄식 소리를 들었다.

알려주어도 믿지 않는 사람들

"모두는 어떻게 될까? 전쟁밖에는……."

추방당한 이웃 사람들은 뇌리에서 곧 사라졌다. 그들이 떠난 며칠 후에 들려온 소문에 의하면, 이제는 자기들의 운명에 만족해하고 있다는 것이었다. 그렇게 며칠이 지나고 몇 주일이 지났다. 그리고 또 몇 달이 지난 후, 그 마을의 일상생활은 정상으로 돌아왔다. 집집마다 평온과 안정을 찾았다. 상인들은 장사가 잘 되어 갔고, 학생들은 열심히 책 속에 파묻혔으며 아이들은 예전과 같이 거리에서 즐겁게 뛰놀았다.

그러던 어느 날, 엘리위젤이 회당 안으로 들어섰을 때 문 가까이에 있는 의자에 회당 관리인 모세의 모습이 보였다. 그는 엘리위젤이 나타나자 그 동안에 자기와 자기 동료들이 겪었던 이야기를 자세히 들려주었다.

추방자들을 싣고 떠난 화물열차는 헝가리 국경을 지나 폴란드 영토에 들어가서 나치 독일의 비밀경찰인 게슈타포에 인계되었다고. 그리고 유대인들은 열차 밖으로 나와 이번에는 화물자동차에 옮겨 타야만 했다. 그들을 실은 화물자동차는 열을 지어 어떤 숲속으로 달렸고 유대인들은 숲속에 이르러 모두 차에서 내렸다. 게슈타포는 여기저기 커다란 구덩이를 파라고 했다.

유대인들이 작업을 마치자 게슈타포가 기다렸다는 듯이 자기들의 일을 시작했다. 그들은 전혀 흥분하거나 서두르지도 않고 유대인 포로들을 학살했다. 유대인들은 자기들이 판 구덩이로 들어가 목만을 내놓아야 했다.

젖먹이 아이들은 공중으로 휙휙 던져 띄운 다음 기관총으로 쏘아 죽였다. 이런 일이 벌어진 곳은 클로마예 근교 갈리치아의 숲속이었다.

(다음호에 계속)

정직이 죄라니?

이병희

이병희(교육자)

어느 작은 도시에 착하고 정직한 김민영이라는 소년이 있었습니다. 인사성도 밝아 동네 어르신을 만나면 깍듯이 인사하는 것을 보고 예의 바르다고 모두 칭찬을 아끼지 않았습니다.

민영이의 집은 살림이 넉넉하지 못했습니다. 그래서 누구나 다 가는 중학교에 진학을 할 수가 없었습니다. 할 수 없이 민영이는 옷가게 점원으로 일을 하고 있었습니다. 찾아온 손님에게 늘 친절하게 대해 주기 때문에 그 옷 가게는 장사가 정말 잘 되었습니다.

"민영이 때문에 이 옷 가게에 온단 말이야!"

옷가게를 찾아오신 분들이 항상 이렇게 격려를 해 주었습니다.

하루는 낯선 손님이 와서 옷을 한 벌 골랐습니다.

"이 옷 좀 싸주실래요?"

민영이를 쳐다보면서 말했습니다.

민영이가 옷을 싸다가 보니까 옷에 흠이 있는 것을 발견하였습니다. 마음씨 착한 민영이는,

"아주머니, 이것 봐요. 옷에 흠이 있는데요. 다른 것을 고르셔야겠네요."

"응, 그렇구나! 정말 고마워! 이 가게에 착한 점원이 있다는 말을 들었는데 정말 맞는 말이네!"

아주머니는 다른 옷을 이것저것 고르더니 끝내 마음에 맞는 옷이 없는 탓인지 옷을 사지도 않고 그냥 가게 문을 나섰습니다. 처음부터 이 광경을 보고 있던 주인은 화가 머리끝까지 치솟았습니다.

흠이 있는 옷이라도 돈을 받고 팔기를 원하는 주인의 마음에 민영이의 태도는 못마땅하였습니다. 그렇게 얄미울 수가 없었습니다.

"이 바보 같은 놈아. 옷을 사기 위하여 오는 손님을 그런 식으로 놓쳐 버리면 장사를 어떻게 하란 말이냐? 너는 너무 정직해서 우리 집에는 맞지 않아. 당장 나가거라. 빨리!"

그리하여 민영이는 그 가게에서 쫓겨나고 말았

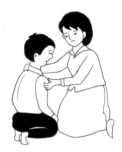

습니다. 그러나 민영이는 그 주인을 원망하거나 미워하지 않았습니다. 다만 흠집이 있는 옷을 뒤늦게 반품을 하러 오면 주인과의 말다툼이 있을 것이 뻔하기 때문에 걱정이 되어 미리 예방을 하고 싶었는데 그 마음을 몰라준 주인이 조금은 야속하다는 생각을 하였습니다. 그러나 민영이는 그런 내색을 전혀 하지 않았습니다.

"주인아저씨, 감사합니다. 그동안 신세 진 것 감사합니다. 안녕히 계십시오."

이렇게 인사를 하고 힘없이 옷가게를 나섰습니다.

집에 돌아가서 부모님께 어떻게 말씀을 드려야 할지 걱정이 앞섰습니다. 민영이는 무거운 발걸음으로 어머니 앞에 꿇어 앉아 사정을 말씀드렸습니다. 꾸중을 들을 줄 알았는데 어머니께서는 오히려 민영이에게 용기를 주셨습니다.

"쫓겨나는 한이 있더라도 정직하게 살아야 한다. 참 잘 했다."

어깨를 톡톡 치면서 위로해 주셨습니다.

민영이는 한 동안 집에서 쉬면서 엄마 일을 도

왔습니다.

그러던 어느 날, 옷가게 단골손님한테서 전화가 왔습니다. 옷가게에 갔더니 그만 두었다는 소식을 들었다고 하면서 자기 서점에 와서 일을 할 수 없느냐고 물었습니다.

민영이는 너무나 기뻤습니다. 남들처럼 중학교에 진학하지도 못한 처지에 서점에서 일하면 책을  마음대로 읽을 수 있겠다는 희망이 있어서 뛸 듯이 기뻤습니다.

민영이는 아주 즐거운 마음으로 일을 했습니다.

남보다 빨리 출근하고 더 늦게 퇴근하였습니다. 그래서 주인은 착하고 성실한 민영이를 매우 좋아했습니다. 월급도 옷가게에 있을 때보다 더 많이 받았습니다.

민영이는 날마다 신이 나서 오늘도 휘파람을 불면서 즐겁게 일하고 있습니다.

이병희

* 서울특별시교육청 장학사, 한국독서교육학회 회장, 서울 신월초등학교 교장 역임

6.25수난기

뜸부기
정연웅

정연웅(수필가)

인민군이 남침하던 날 밤

우리 어머니는 청상 뜸북새였다.

마곡산 그림자가 솔마을을 덮을 때 마곡산 마루 태양은 불꽃처럼 붉었다. 노을 타고 들려오던 뜸북! 뜸북새의 애절한 절규.

어머니의 64년 기다림이 뜸뿍새가 되었다. 친구들과 앵산봉 솔나무 그늘에서 더위를 식히고 있을 때였다.

멀리 인두배미 신작로로 작은 차 한 대가 미끄러지듯 굴러갔다. 그리고 뒤를 따라 불개미 같은 군용차들이 뽀얀 먼지를 풍기며 길게 떼 지어 넘어오고 있었다.

해가 지는 줄도 모르고 신기해하며 하나, 둘 세고 있는데 불현듯 이상한 불안감이 다가왔다.

오늘 점심때 엄마와 할머니가 3.8선이 무너졌다고 하시던 말씀이 떠올랐다.

"애는, 3.8선이 그리 쉽게 무너지겠니?"

이 말은 할머니 말씀이었다. 나는 그 말을 친구들에게 하고 싶어 배길 수가 없어서 친구들을 만나 이렇게 말했다.

"야, 3.8선이 무너진 거 같단다, 알아?"

"뭐라고? 3.8선이 뭔데?"

태연이가 되물었다.

"야, 그것도 몰라?"

"쥐뿔도 모르면서 아는 체하기는!"

옆에서 듣기만 하던 오문이가 아는 체를 했다.

"3.8선은 적군이 못 들어오게 우리 지붕보다도 높은 담을 쌓고 그 위에 철조망을 친 경계선이래."

그러는 동안에 셀 수도 없이 많은 자동차들이 쌍불을 켜고 노송산 고개를 넘어가고 있었다. 태연이가 겁먹은 표정으로,

"집에 가자, 정말 전쟁이라는 게 터진 모양이야."

"야, 우리도 국방군이 있다는데 뭐가 무섭냐? 겁쟁이."

나는 자신 있게 한 마디 했으나 은근이 겁이 났다. 그런데 이상하게도 이천, 여주 방향에서 먼 하늘이 번쩍이며 천둥소리 같은 이상한 소리가 들려왔다. 밤하늘에 가득 찬 은하수가 머리위로 쏟아질 듯 오늘 따라 별빛은 유난히 밝았다.

"오문~아!"

오문이 어머니의 목소리가 바람을 타고 멀리서 들려왔다. 오문이는 대답도 않고 개천을 가로질러 뛰기 시작했다. 우리들도 오문이 뒤를 따라 개천 길을 미끄러지듯 달려갔다. 집에 와서 방문을 열고 들어서니 등잔에 바가지를 엎어놓고 불빛을 천장으로 향해 가려 놓아 방안이 희미했다. 어둠 속에서도 한강 다리가 두 동강이 났다느니 피란민이 한강을 건너다가 폭격에 다리가 폭파되어 모두 빠져죽었다느니, 수군수군 귓속말을 하고 있었다.

전쟁이 무엇이고 3.8선이 무엇인지두 잘 모르는 나는 답답하기도 하고 궁금했다. 이상한 것은 전쟁연습 놀이를 하며 자라서 그런지 무섭다는 생각은 들지 않았다. 왜냐하면 3.8선 이북에도 우리 같은 동무들이 산다고 들었고 우리와 같은 우리나라 사람들이라고 들었기 때문이다.

그러나 어른들은 뭐가 그리 무서운지 벌벌 떨고 있었고 양코배기 미국 사람들이 비행기로 우리 동네를 폭격하면 불바다가 되고 우리들은 모두 불에 타죽는다고 하였다. 우리나라 대통령은 벌써 멀리 도망을 갔고 나라를 지키던 국방군도 모두 남쪽으로 도망을 쳤다는 것이다.

그래서 좀 전에 인두배미 신작로를 길게 메우고 노송산 길을 넘어가던 군용차들이 인민군에 밀려 후퇴하는 국방군이었단다. 푹푹 찌는 더위인데도 솜이불을 둘둘 말아 뒤집어쓰신 어른들을 보고 나는 절로 웃음이 나왔지만 어른들의 모습이 너무나 굳어 있어 소리를 내어 웃을 수가 없었다.

　컴컴한 방안은 무엇인지 모를 공포감으로 꽉 채워져 있는데 멀리서 무겁게 울려오는 대포소리가 점점 가까이 들려오며 찢어진 창문을 울리곤 했다. 푹푹 찌는 날씨에 이불 속에서 몇 시간을 참아낸 나지만 대포소리와 함께 창문을 비치고 지나가는 불빛이 궁금하여 배길 수가 없었다. 나는 자라목을 하고 이불 속에서 머리만 내밀고 문틈으로 밖을 내다보았다.

　호랑이눈썹달이 무서운 눈으로 나를 흘겨보고 있지만 마곡산 자락을 누비는 불빛은 우리 집 마당까지 비추고 지나갔다. 그 불빛은 황샛말 동네에서 멈추는가 싶더니 징겨울로 가고 또 거기서 우리집 지붕 너머로 날아 왔다. 숨을 죽이고 그 불빛에만 정신이 팔려 있는데 이불 속에서 누군가가 내 다리를 당기며 꼬집었다.

　"아야!"

　"빨리 이불속으로 들어오지 못해?"

　불호령에 자라모가지가 되어 이불 속으로 쏙 기어들었다. 괴괴하고 적막한 시간이 지루하게 흐르는가 싶더니 이제는 좀 전에 마곡산 자락을 뒤지던 도깨비 불빛이 안방 문 앞까지 다가와 방안을 대낮같이 환하게 밝히고 지나갔다. 도깨비불은 말만 들었지 본 적이 없는 나는 더 이상 참을 수가 없어 자라목을 또 길게 빼고 문틈에 눈을 들이댔다. 마곡산 쪽에서 여러 개의 불빛이 하늘을 밝혔다. 그 불빛이 다시 인두배미 마을 부근까지 비치는가 싶더니 갑자기 귀를 찢는 소리가 터졌다.

"딱쿵, 딱쿵, 삐양―, 쿵― 딱딱쿵."

요란한 총소리는 마곡산 자락을 뒤흔들며 메아리쳐 왔다. 도깨비불빛인가 했더니 그게 아니라 총알이 날아가며 별똥별처럼 밤하늘을 가르고 있었다. 어느 별똥별은 우리 동네를 향해 날아왔다. 이불속에서 순년이 아줌마가 말했다.

"저건 별똥별이 아니야. 총알이야. 저 별에 한 대만 맞으면 즉사하는 거야, 머리 묻어!"

그러시며 이불 속으로 머리를 파묻고는 덜덜 떨었다. 나도 고막이 찢어질 듯 쌩소리가 울릴 땐 총알이 이마로 날아오는 것 같아 목을 바짝 움츠렸다. 그러다가도 다시 불빛이 궁금하여 손가락으로 창호지에 침을 발라 구멍을 뚫고 또 밖을 내다보았다. 더 많은 불빛이 크게 보였다.

마곡산 쪽에서 여태껏 보지도 못했던 수많은 별똥들이 노송산 쪽으로 날아들며 콩 볶는 소리가 온 하늘에 울려 퍼졌다. 그 아름답던 은하수는 별가루가 되어 사방에 뿌려진 지 오래고 산속에서 날아오르는 별빛으로 하늘은 대낮같이 밝았다.

"딱쿵, 딱쿵, 딱딱쿵―, 드륵, 드륵, 들르륵 득, 끙― 쿵!"

처음 들어보는 천둥소리 같기도 하고 꿩 잡는 사냥총 소리 같기도 하였으나 그런 총소리와는 달랐다. 이 산에서 딱- 하면 저 산에서 쿵하며 주고받는 소리가 두 가지

총으로 쏘는 모양이었다. 그 순간 지붕 위로 날아가던 총알이 '피융—쑥쑥!' 뒤통수를 때리듯 고막을 찢으며 동쪽으로 사라졌다. 나는 처음 들어보는 소리와 황홀한 불빛이 신기하여 창문에서 눈을 뗄 수가 없었다. 황새가 날아가는 날갯짓 같은 소리를 내며 커다란 대포알이 우리집 지붕 위로 지나가는 것 같기도 하고 지나가다가 별똥이 되어 우리를 향해 다시 쏟아질 것 같기도 했다.

어른들은 솜이불을 더 꺼내어 두 겹 세 겹으로 뒤집어쓰고 벌벌 떨었다. 그래도 나는 밖에서 벌어지고 있는 불꽃놀이가 궁금하여 문구멍을 못 떠나는데 어른들이 꾸중을 했다. 꾸중에 못 이겨 솜이불 속으로 파고들었으나 점점 가까워지며 문 앞까지 다가오는 총소리와 불빛에 정신이 쏠렸다. 고막이 찢어질 듯한 총소리가 고막을 계속 때렸다. 나도 더 이상 호기심에 빠지지 못하고 이불 속 깊이 머리를 파묻고 날이 새길 기다렸지만 총알이 벽을 뚫고 들어와 머리를 때릴 것만 같아,

"엄마, 우리도 피란가면 안 돼?"

하자 내 손을 엄마가 꼭 잡아 주며,

"지금 나가면 총 맞아죽어, 총알은 솜이불은 못 뚫어."

"정말?"

"그럼. 느이 아버지도 일본에서 이불 뒤집어써서 살아났대."

그 말에 나는 땀범벅이 되도록 솜이불을 두 겹으로 뒤집어쓰고 꼼짝을 못했다. 총알은 밤새도록 우리집 지붕

위를 날아다녔고 마룻바닥에 있는 볏섬이 총알에 맞은 듯 '풀썩퍽풀썩' 하는 소리도 들렸다. 그러는 사이 총소리가 콩 볶듯 밤하늘에 별을 뿌리면서 퍼졌다.

"딱~ 또르르르… 꽝!"

무엇인가가 봉당 툇마루에 떨어져 굴러가는 소리가 들렸다. 윗방에서 이불을 뒤집어쓴 채 겁에 질려 있던 순년이 아줌마가 "엄마야!" 하고 놀라 울면서 엉겁결에 우리 이불속으로 파고들었다. 순년이 아줌마는 땀에 온통 젖어 물 범벅이 된 채 오들오들 떨며 숨죽여 울었다. 아줌마는 할머니 친정 조카딸인데 부모가 돌아가셔서 우리 집에서 함께 사는 13살 된 아줌마다. 나는 10살로 송곡초등학교 2학년 때다.

아! 6.25.

기억에서 지우고 싶은 전쟁이 터진 것이다. 1950년 전쟁이 나던 해 7월 어느 무덥던 날, 그날따라 오리꼴 연이네 논에선 뜸부기가 몹시도 슬피 울어댔다. 전날 유성처럼 쏟아지던 포탄에 어미를 잃었는지 재 너머 석양 하늘은 붉어져 오는데 뜸부기 한 마리가 하늘로 목을 길게 빼고 뜸― 뜸―, 땅을 보고 땀― 땀―.

뜸부기 소리는 자재기 뜰을 울렸다. 밤새 창문을 두드리던 포성이 지나가고 평화로운 마을에 인민군들이 들이닥쳤다. 어제 밤새 들리던 그 딱쿵 소리를 내던 총을 둘러메고 인민군이 의용군을 모집하러 집집마다 뒤지는 바람에 동네 개들이 모두 나와 짖어대어 또 한참 조용한 마을이 시끌벅적하였고 젊은이는 인민군으로, 학생은 의용군으로 데려갔다. 끌려가다 도망을 쳐오면 매일 그 집에 와서 찾아내라고 부모들을 닦달했다.

다행히 아버지는 어제 밤부터 다른 곳으로 피신하여 당장은 화를 면하였다. 다음날부터 노인들과 부녀자들, 그리고 아이들까지 서당집 앞마당에 모아 놓고 해방군이라며 '농토가 없어 가난한 사람에게는 농토를 나눠 줘서 모든 백성이 골고루 배불리 먹고 잘살 수 있는 인민공화국이 탄생했다'고 기뻐하라는 것이었다. 그래서 우선 이곳도 3.8이북과 같이 농지개혁으로 부자들의 농지를 스스로 지어 먹을 만큼만 남겨두고 나머지는 농사지을 농토가 없는 농부들에게 골고루 분배하게 된다는 이야기며 몸이 아프거나 늙어도 배급을 주어 편히 살게 하는 나라가 된다는 것이다.

특히 남의 농지를 빌려 농사를 짓는 자는 그 빌린 농지를 무상으로 나누어준다는 이야기를 들은 오문네 점백이 영감이 두 손을 높이 들고,

"인민 해방군 만세! 해방군 만세!"

하고 소리치며 좋아했다. 그리고 의용군으로 자원 입대하면 늙어 죽을 때까지 먹여 살린다고 하며 모든 사람들이 골고루 잘 먹고 잘살 수 있는 세상이 왔으니 남녀노소를 불문하고 모두 나와 김일성 동무를 열렬이 환영하자고 했다.

마을 사람들은 어이가 없다는 듯 서로 얼굴을 바라보

다가 만세를 부르기 시작하였고 이어서 애국가라는 '장백산 줄기줄기……'를 억지로 불렀다.

설성면 당 내무서원과 붉은 완장을 찬 젊은 개똥모자가 찾아와 아버지를 찾았다. 아버지는 안성 큰댁에 제사가 있어서 어제 가서 아직 오지 않았다고 하니 오는 즉시 설성면 당 내무서로 오라며 인민군(의용군) 입대하든지 아니면 면당에 나와서 혁명과업의 일을 맡아주어야 한다는 것이었다.

아버진 며칠 전에 이를 미리 아시고 나무지게를 짊어지고 나무꾼으로 위장, 노송산과 마국산을 오가며 숨어 계시다가 밤이면 내려오셔서 식사를 하고 먼동이 트기 전에 또 지게를 짊어지고 산으로 가시는 바람에 다행히 의용군에 끌려가진 않았다. 하루는 주래 장에 가신 어머니가 해질녘이 다 돼서야 돌아오셨다. 뒤따라온 인민군이 아버질 만나지 않았느냐고 엄마를 윽박질러댔다

어머니는 할아버지의 약을 지어 오는 중이라며 한약봉지 12첩을 보여주고야 벗어났다고 하셨다. 그들의 행패는 날이 갈수록 심해졌다. 그날 밤 동이 틀 무렵 어머니는 나를 흔들어 깨웠다. 사랑채에 진을 치고 있는 인민군들을 가리키며 손가락을 입에 갖다 대고 작은 소리로,

"어쩌면 너의 아빈 잡혀갔거나 죽었을 거야, 이레나 굶었으니……"

그리고 어머니는 밤마다 솥의 밥을 꺼내가시던 주먹밥이 일주일째 그대로 있는 걸 보면 굶어서 돌아가신 것 같

다고 하셨다.

그리고 어머니는 밤을 새우며 기도만 하셨다. 어머니는 근심과 걱정이 태산 같아 나에게 이런저런 이야기를 하셨지만 나는 졸음이 쏟아져 꾸벅꾸벅 졸기만 했다.

"이웃집 런이가 내일 물새알 구하러 노송산을 간다고 하니 너도 따라가서 아버지를 찾아 보거라."

"응……."

엉겁결에 대답은 했지만,

"런이 누나가 물새알을 뭐하려고?"

하고 묻자,

"지 에미 약에 쓴대. 채독 병에 걸렸거든."

"그럼 엄마도 먹으면 낫겠네?"

"그럴 거야."

"그럼 나도 따라갈 테야. 엄마 채독병도 고치게……."

"런이 말 잘 들어야 데리고 가지."

"잘 들으면 되잖아?"

어머니도 런이 누나 어머니도 인분 준 채소로 김치를 담가 먹어 채독에 걸려 있었다. 그 물새알이 채독병에 좋은 약이라고 했다. 다음 날 아침 런이 누나가 일찌감치 집에 왔다. 어머니는 부엌에서 런이 누나와 무엇인가 소곤소곤 나누고 나왔다. 나는 주먹밥을 챙겨 메고 런이 누나 뒤를 따랐다.

노송산으로 물새알을 주우러 가는 길이다. 홍열이는 잠자리채를 들었고 오문이는 굴렁쇠를 굴리며 우리들은 새로 배운 장백산 줄기줄기—라는 이북 노래를 부르며 개천 둑을 탔다. 물새는 물총새라고도 부른다. 깃털이 하늘빛과 같이 파랗고 아름답다. 냇가에서 미역을 감을 때면 날아와 물고기를 잡아가곤 했다. 바로 채독병에 쓰는 그 물새알을 꺼내러 가는 중이었다.

우리 마을에서는 인분으로 채소를 기르고 그 채소를 날로 김치를 담가 먹어 채독에 걸린 사람이 많았다. 오늘 함께 가는 친구들의 엄마들은 모두 그 병에 걸린 사람들이었다. 뛰어가는 뚝방길로 비단 벌레가 날아와 앞장을 섰다.

"비단이 장사 왕서방 비단이 팔아 뭐했니?"

우린 마냥 즐거웠다. 땡볕이 내리쬐어도 개의치 않았고 오직 엄마 약을 구하러 간다는 마음에 노래도 부르고 벌 나비들과 장난도 치며 노송산길을 오르고 있었다. 그때 스님 한 분이 내려오고 계셨다.

"스님! 굴 바위가 어디 있어요?"

련이 누나가 물었다.

"굴 바우라? 왜 찾누?"

"물새알 꺼내러 가요."

"물새 집은 병풍바위에 있지, 무엇에 쓸려고?"

"울엄마 채독병 약에 쓰려고요."

나는 련이 누나 대신 또 참견을 했다.

"채독병 약이라고?"

노스님은 갸우뚱해 보이며 지팡이로 산 쪽을 가리켰다.

"가다가 샘을 만나면 우측골짜기로 돌아서 다시 큰 소나무를 만나 좌측으로 오르면 병풍바위가 있고 그 병풍바위에 물새굴이 있다."

스님은 자세히 알려주셨다.

"그럼 굴 바위는요?"

내가 물었다.

"병풍바위 건너편이지."

스님은 총총히 산을 내려갔다. 오르는 계곡을 따라 이름 모를 들꽃들이 흐드러지게 피어 있고 듣지 못한 산새 소리가 아름답게 들려왔다. 우리들은 '새야 새야 파랑새야 녹두밭에 앉지 마라'라는 노래를 부르며 깎아지른 절벽 밑에 도착했다.

"야! 물새굴이다."

오문이가 소리쳤다. 정말 병풍바위 절벽에 검은 굴 몇 개가 보였다. 이때 련이 누나가 물었다.

"누가 먼저 올라갈래?"

그때 서로 먼저 올라가겠다고 손을 들었다. 그러자 키가 제일 큰 오문이가 두 손을 들어 까치발을 해보았지만 턱없이 모자랐다. 이때 련이 누나가,

"올라가려면 동아줄이 있어야 해."

하며 칡넝쿨을 끊어다 동아줄을 만들자고 했다. 친구들은 칡넝쿨을 찾아 우르르 절간 쪽으로 몰려갔고 나와 련이 누나만 남았다.

"이젠 굴 바위를 찾아가자."

"거긴 왜?"

"거기들 숨어 계시대."

련이 누나는 내 귀에 입을 바짝 갖다 대고 속삭였다.

"아버지가……."

그 소리에 내가 깜짝 놀라자,

"우리 아버지랑 함께 계시대."

하고 련이 누나는 입에다 손가락을 갖다 댔다. 입 밖에 내지 말라는 뜻이었다. 인민군들이 매일같이 찾고 있던 아버지. 어딘가의 산속에 숨어 계실 거라고 짐작은 했었나. 하시만 나는 그보다도 물새알 이 디 급했다.

"물새알은 어쩌고?"

"물새알은 애들이 온 담에 꺼내고."

"물새알 먼저 꺼내면 안 돼?"

"넌 이제 열 살이야. 철 들 때도 됐어."

"……?"

"빨리 아버지를 먼저 만나보고 이 주먹밥을 드려야 해."

"……?"

사실 나는 아버지를 만나는 일보다 새알 꺼내는 일이 더 급했다. 채독 병으로 몸이 퉁퉁 부어오른 엄마 약을 찾아서 마곡산 넘어 산내리 한약방에도 다녀왔지만 별 효과가 없었다. 엄마가 밤잠을 설치며 앓는 소리를 내시면,

"하나님, 엄마 병을 나한테 넘겨주세요."

하며 귀를 틀어막고 기도를 하기도 하였지 만엄마 병은 깊어만 갔다. 엄마가 아프면 내가 더 아팠다. 나는 결

국 련이 누나의 말대로 먼저 아버지들을 찾기로 했다. 그래서 주먹밥을 드리고난 다음에 물새알을 훔치기로 했다. 병풍바위로 오르기 위해 옹달샘 옆을 비집고 생쥐같이 기어오르는 련이 누나 뒤를 바짝 따라 올라갔다. 한참을 오르다 밑을 내려다보니 어질어질하고 내리박힐 듯 겁이 났다.

"나, 못가— 어지러워 죽겠단 말이야."

하며 그 자리에서 꼼짝을 못했다. 내려다보이는 병풍바위 중간쯤에서 파란 물새가 날아와 허공을 돌았다. 나는 물새를 쳐다보니 현기증으로 꼼짝을 할 수가 없었다. 보다 못한 련이 누나가 허리끈을 풀어 나에게 내려주었다. 나는 있는 힘을 다해 매달렸다. 그때 난데없이 솔개바람이 몰아치며 련이 누나 치마를 걷어 올렸다.

"련이 누나, 밑이 보일라고 그래."

"뭐가?"

"……!"

〈2권에 계속〉

정연웅

---

* 전직 교육공무원(6.25전쟁 수난의 증언 작가)

안데르센 기념관을 찾아서

심혁창 안데르센 기념관에 자작
동화책 9권 증정

안데르센은 1805년에 태어나 1835년부터 본격적인 동화 창작에 들어가 1872년까지 총 200여 편의 동화를 썼으며, 〈인어 공주〉, 〈눈의 여왕〉, 〈성냥팔이 소녀〉 등이 그의 작품이다. 안데르센은 사랑했던 여인과 사랑을 이루지 못하고 평생을 독신으로 지내다가 70세의 나이로 덴마크 코펜하겐에서 생을 마쳤다.

1819년, 14세의 나이로 덴마크의 수도 코펜하겐에 도착한 안데르센은 여러 극단을 찾아가 입단을 요청하지만 번번이 퇴짜를 맞는다. 연기에 재능이 있긴 하지만 아주 뛰어나지는 않다는 것이 일반적인 평가였다.

다행히 안데르센은 당시 정계의 실력자이며 예술 애호가인 요나스 콜린의 눈에 들게 된다. 일단 기본 학력이 있어야만 훗날 뜻을 펼치는 데에도 유리하리라는 조언과 함께, 콜린은 안데르센에게 왕실 후원금을 얻어주며 우선 수도를 떠나 중등학교 과정을 마치고 돌아오도록 독려했다.

1822년에 안데르센은 코펜하겐에서 멀리 떨어진 슬라겔세로 갔고, 동급생들보다 대여섯 살이나 더 많은 17세의 나이로 다시 학교에 입학한다. 재학 중에 '죽어가는 아이'라는 제목의 시를 발표해 의외로 호평을 받은 안데르센은 연기자에서 작가의 길로 선회한다.

1828년, 23세의 학생 안데르센은 6년간의 공부 끝에 대학 입학시험에 합격했고, 이듬해에는 첫 저서인 『도보 여행기』를 발표한다.

1833~4년에는 독일, 프랑스, 이탈리아를 여행했고, 이때의 경험을 토대로 자전적인 요소가 깃든 장편소설 『즉흥시인』을 발표해 격찬을 받는다. 그리고 1835년에는 '아이들을 위한 동화'라는 제목으로 첫 번째 동화집을 펴낸다. 그의 동화를 읽은 어느 지인은 "즉흥시인이 자네를 유명하게 만들었다면, 이 동화는 자네를 불멸의 작가로 만들 것"이라고 격찬했다.

이후 안데르센은 〈엄지 공주〉, 〈꿋꿋한 양철 병정〉, 〈인어공주〉, 〈벌거벗은 임금님〉, 〈성냥팔이 소녀〉, 〈눈의 여왕〉, 〈전나무〉, 〈나이팅게일〉 같은 대표작을 비롯해 200여 편의 동화를 꾸준히 발표한다. 그보다 한 세대쯤 전에는 독일의 언어학자인 그림 형제가 민담을 수집, 정리해서 발표해 큰 호응을 얻은 바 있었다.

1812년에 처음 출간된『그림 동화집』은 1857년까지 일곱 차례나 개정판이 나오면서 작품 숫자도 늘어나고 표현도 약간씩 달라졌다. 안데르센의 동화도 초기에는 그림 형제의 동화처럼 민담을 토대로 삼았지만 나중에는 순수 창작품이 주를 이뤘다. 하지만 교훈의 전달보다는 환상적 묘사에 치중한 안데르센의 동화는 발표 당시에만 해도 종종 혹평을 받기 일쑤였다. 안데르센 기념관을 찾아 오덴세에 들어섰는데 길이 복잡하고 좁아서 한 곳에 차를 세우고 길을 찾는 동안 길옆에 시커먼 동상이 줄서 있기에 이것들은 뭐야 하고 차에서 내려 사진을 찍었다. 그런데 나중에 알고 보니 길이 막힌 덕분에 귀한 자료를 얻었다.

남의 빨래를 해주고 산 안데르센 어머니의 빨랫감

좌절했던 젊은 시절의 안데르센

신문팔이 등 발버둥을 치며 살아야 했던 젊은 시절의 모습

당당한 작가로 명망을 떨치고 성공한 모습

안데르센 머리와 비너스 몸을 결합시킨 사랑의 완성

안데르센은 가난한 집에 태어났고 어머니는 남의 집 빨래를 해주면서 어렵게 살았다. 거지 동상을 보고 뭔가 했더니 빨랫감을 모으는 안데르센 어머니 조각상이었다.

이들 동상의 깊은 뜻은 알 수 없으나 나 혼자 동화로 사진 설명을 했다. 일생을 결혼도 하지 않고 외롭게 살다 간 국보급 대표 작가를 비너스 머리에 안데르센 머리로 결합시킨 의미는

안데르센 기념관 입구 정원

정신적으로나마 미녀와 행복을 누리라고 한 것은 아닐까. 안데르센의 유방이 그렇게 빵빵했을 리는 없을 테고!

입구에 들어서니 양편으로 초원이 곱게 펼쳐 있고 건물은 유리로 되어 있고 건물 주변에는 해자 같은 호수가 둘러 있었다. 〈2권에 계속〉

톨스토이 인생론

인간 톨스토이 일생

　러시아 대문호 톨스토이는 「전쟁과 평화」, 「부활」, 「안나 카레니나」 등의 명작을 남겼다. 그는 백작의 아들로 1천 명이 넘는 농노를 거느린 가정에서 부유하게 자랐고 그 어머니는 영어, 프랑스어, 독일어, 이탈리아어 등 5개 국어에 능통했으며, 피아노도 잘 치는 지적으로 고상한 분이었으나 톨스토이가 태어난 시 1년 6개월 만에 다섯 남매를 남기고 세상을 떠났고 7년 뒤 아버지도 뇌출혈로, 할머니도 그 충격으로 세상을 떠났다.

　불행한 그는 대학 입학시험에서도 낙방, 다시 도전하여 대학에 갔지만 대학생활이 싫어 고향으로 돌아가 농부들과 이상적 농촌을 만들고자 하였으나 그 꿈도 깨지고 말았다. 결국 군에 입대하여 전쟁에 참여, 크림 전쟁의 생생한 체험과 자기 가정을 모델로 「전쟁과 평화」를 써서 베스트셀러 작가가 되었다. 그는 존경과 부귀영화를 누렸지만 삶의 허무함으로 괴로워하던 중 시골길을 가다가 농부를 만났는데 그 얼굴이 유난히 평안해 보여서 그에게 평안의 비결을 물었다. 그 대답 "하나님을 의지하고 살기에 언제나 기쁠 뿐입니다."란 말에 톨스토이는 재산과 세상 영화를 누림에도 시골 농부보다 더 불행한 자신을 깨닫고 그날부터 진지하게 하나님을 찾기 시작하였다. 그는 '나의 회심'이라는 글에서 이렇게 썼다.

"5년 전 나는 정말 예수 그리스도를 나의 주님으로 받아들였다. 그로 나의 생애가 변했다. 이전에 욕망하던 것을 욕망하지 않게 되고 이전에 구하지 않았던 것들을 갈망하게 되었다. 이전에 좋게 보이던 것들이 하찮게 보이고, 대수롭지 않게 보던 것들이 귀한 것으로 보였다. 나는 행운의 무지개를 찾아다니며 살아온 허무함을 알게 되었다. 거짓으로 나를 꾸미는 것이나, 여인들과의 성생활이나 술에 취해 기분 좋아하던 것들이 다 죄라는 것을 알게 되었다."

그는 '세 개의 의문'이란 글에 세 가지 질문을 던졌다.

이 세상에서 가장 중요한 시간은 언제인가?

이 세상에서 가장 필요한 사람은 누구인가?

이 세상에서 가장 중요한 일은 무엇인가?

그는 이 질문에 대해 이렇게 대답했다.

"이 세상에서 제일 중요한 시간은 지금이고, 세상에서 가장 필요한 사람은 지금 내가 만나고 있는 사람이고, 세상에서 가장 중요한 일은 지금 내 옆에 있는 사람에게 선을 행하는 일이다."라고.

그가 82세로 하나님께 가면서 일기에 남긴 말.

"아버지여, 생명의 근원이시여, 우주의 영이여, 생명의 원천이여, 날 도와주소서. 내 인생의 마지막 며칠, 마지막 몇 시간이라도 당신께 봉사하며 당신만 바라보며 살 수 있도록 도와주소서."

* 그는 세계적 인물의 어록과 자기 어록을 「인생독본」에 남김. 본사 발행 「인생독본」을 매호 연재 계획임. (편집자)

러시아 대문호 톨스토이의 초라한 묘소/시인 이유식

1

'무엇에 대하여 생각해야 하는가?'라는 점도 중요하지만 '무엇에 대하여 생각할 필요가 없는가?'라는 것도 중요하다.

2

인간은 삶의 상태에 의하여 변하는 것이 아니고 만족은 커다란 물질적 보수가 제시됨에 따라서 왕성하게 되는 것이 아니다. 마음이 육체를 만들고 사상이 그에게 보람 있는 삶을 이루어 주는 것이다 —마도지니

3

인간을 억세게 사로잡는 욕망은 음란의 욕망이다. 음란의 욕망은 결코 충족되는 일이 없을 뿐 아니라 오히려 충족을 바라면 바랄수록 더 커질 뿐이다. (2권에 계속)

한국 사람과 밥

* 혼낼 때 : 너 오늘 국물도 없을 줄 알아!
* 고마울 때 : 나중에 밥 한번 먹자.
* 안부 물어볼 때 : 밥은 먹고 지내냐?
* 아플 때 : 밥은 꼭 챙겨 먹어.
* 인사말 : 식사는 하셨습니까? 밥 먹었어?
* 재수 없을 때 : 쟤 진짜 밥 맛 없지 않냐?
* 한심할 때 : 저래서야 밥은 벌어먹겠냐?
* 무언가 잘 해야 할 때 : 사람이 밥값은 해야지.
* 나쁜 사이일 때 : 그 사람하곤 밥 먹기도 싫어.
* 범죄를 저질렀을 때 : 너 콩밥 먹는다.
* 멍청하다고 욕할 때 : 어우!! 이 밥통아.
* 심각한 상황일 때 : 넌 목구멍에 밥이 넘어 가
  냐?
* 무슨 일을 말릴 때 : 그게 밥 먹여 주냐?
* 최고의 정 떨어지는 표현 : 밥맛 떨어져!
* 비꼴 때 : 밥만 잘 처먹더라.
* 좋은 사람 : 밥 잘 사주는 사람.
* 최고의 힘 : 밥심.
* 나쁜 사람 : 다된 밥에 재 뿌리는 넘.
* 좋은 와이프 평가 기준 : 밥은 잘 차려 주냐?

스마트폰이 인체에 미치는 영향

▶**휴대폰을 두면 절대 안 되는 곳!**
WHO에서 전자파가 암(癌)의 원인으로 공인했다!

1. Your Back Pocket
   바지 뒷주머니 : 휴대폰이 고장 나기 쉽고,
   다리와 위 건강에 해롭다.

2. Your Front Pocket
   바지 앞주머니 : 남성의 정자 활동 장애, 특
   히 골반 관절에 매우 해롭다.

3. Your Bra
   여자 브라지어 속 : 유방암 위험 증가.
   남자 와이셔츠 주머니, 양복 안주머니 : 심장
   병 위험 증가.

4. Against Your Skin
   피부에 가까이 대고 오래 통화 : 박테리아 감
   염 등 피부병, 뇌종양 발생 증가.

5. Under Your Pillow
   베게 가까이 : 어지럼증, 두통, 불면증, 대사
   장애 발생 증가, 뇌종양 발생 3배 증가.

6. On Your Hip
   골반관절 가까이 : 몸에 붙는 청바지 앞주머니, 골반
   관절 문제 발병.

7. In a Stroller

　　유모차 : 아이에게 ADHD 발병 증가.

8. On a Charger

　　배터리 충전 : 밤새 충전 시 잠자리에 가까우면 건강에 해롭고, 필요 없이 오래 충전하면 휴대폰 수명도 단축된다.

* 여자는 핸드백 속에, 남자는 벨트에 차는 휴대폰 주머니 또는 양복 겉주머니가 안전하다 함.

* 충전기는 침실 밖에 두고, 자녀들이 베게 옆에 휴대폰 두고 자지 못하게 해야 함.

* WHO에서 전자파를 암의 원인으로 공인했습니다. 주변 분들과 함께 공유하시어 날마다 건강한 삶 되시기 바랍니다.

****

안광과 전자파가 주는 영향은 어떻게 다를까?

교과서의 '안광이 지배를 철한다'는 말은 책을 볼 때 눈빛이 화살처럼 책을 쏜다는 뜻이다.
그러나 스마트 폰이나 전자기기는 반대로
강한 전파가 화살처럼 우리 눈을 쏜다.

책으로 10%의 시력을 잃는다면 스마트폰의 전자파는 20% 이상의 시력을 손상시킬 우려가 있다. 10년 이상 전자파에 노출시키면 높은 도수의 안경이 필요할지도 모른다. (편집자)

잘못 쓰는 일본말 바로잡기(1)

가) 순 일본말(일본말인 줄 모르고 쓰는 말)

1. 가께우동(かけうどん) ⇨ 가락국수
2. 곤색(紺色, こんいろ) ⇨ 진남색. 감청색
3. 기스(きず) ⇨ 흠, 상처
4. 노가다(どかた) ⇨ 노동자. 막노동꾼
5. 다대기(たたき) ⇨ 다진 양념
6. 단도리(だんどり) ⇨ 준비, 단속
7. 단스(たんす) ⇨ 서랍장, 옷장
8. 데모도(てもと) ⇨ 허드레 일꾼, 조수
9. 뗑깡(てんかん) ⇨ 생떼, 행패. 억지
10. 뗑뗑이가라(てんてんがら) ⇨ 점박이 무늬
11. 똔똔(とんとん) ⇨ 득실 없음, 본전
12. 마호병(まほうびん) ⇨ 보온병
13. 멕기(めっき) ⇨ 도금
14. 모찌(もち) ⇨ 찹쌀떡
15. 분빠이(ぶんぱい) ⇨ 분배. 나눔
16. 사라(さら) ⇨ 접시
17. 셋셋세(せっせっせ) ⇨ 짝짝짝. 야야야('셋셋세, '아침바람 찬바람에' 등 전래동요로 아는 노래들이 실제 2박자의 일본 동요이다.

18. 소데나시(そでなし) ⇨ 민소매

19. 소라색 (そらいろ) ⇨ 하늘색

20. 시다(した) ⇨ 조수, 보조원

21. 시보리(しぼり) ⇨ 물수건

22. 아나고(あなご) ⇨ 붕장어

23. 아다리(あたり) ⇨ 적중, 단수

24. 야끼만두(やきまんじゆう) ⇨ 군만두

25. 에리(えり) ⇨ 옷깃

26 엥꼬(えんこ) ⇨ 바닥남, 떨어짐

27. 오뎅(おでん) ⇨ 생선묵

28. 와사비(わさび) ⇨ 고추냉이 양념

29. 요지(ようじ) ⇨ 이쑤시개

30. 우라(うら) ⇨ 안감

31. 우와기(うわぎ) ⇨ 저고리, 상의

32. 유도리(ゆとり) ⇨ 융통성, 여유

33. 입빼이(いつぱい) ⇨ 가득

34. 자바라(じやばら) ⇨ 주름물통

35. 짬뽕(ちやんぽん) ⇨ 뒤섞음, 초마면

36. 찌라시(ちらし) ⇨ 선전지, 광고 쪽지

37. 후까시(ふかし) ⇨ 부풀이, 부풀머리, 힘

38. 히야시(ひやし) ⇨ 차게 함. 〈2권에 계속〉

카카오 톡 줄임말

ㅇㅇ : 응응

ㅋㅋ : 킥킥

ㅎㅎ : 히히

ㅂㅂ : 바이바이(잘
　　　　가)

ㅎㅇ : 하이(안녕)

ㄳ　 : 감사

ㅇ? : 왜?

ㅇㅋ : 오키(오케이)
　　　　대방 말 긍정

ㄴㄴ : 노노(아니)

ㅈㅅ : 죄송

ㅁㄹ : 몰라

ㅇㄷ : 어디

ㅋㄷ : 키득

ㅎㄱ : 허걱(가끔 당
　　　　황할 때 쓰
　　　　는 표현)

ㄷㄷ : 덜덜(무섭거
　　　　나 할때)

ㄷㅊ : 닥쳐

ㄲㅈ : 꺼져

ㄱㄷ : 기달(기다려)

ㄱㄱㅆ : 고고씽

ㅎㄹ : 헐(놀람, 허무
　　　　함 신기함,
　　　　실망, 등의
　　　　감정표현)

ㅊㅋ : 추카(축하)

ㅈㄹ : 지랄

ㄱㄱ : 고고(시작,
　　　　출발)

ㅉㅉ : 쯧쯧

ㄷㄹ : 들림

ㅅㄱ : 수고

ㄹㄷ : 레디(준비).

사자숙어

중국에는 정자와 간자가 있는데 젊은 층은 정자를 모르고 간자만 알며, 노년층은 정자는 알고 간자를 모른다는 사실을 알았습니다. 정자와 간자가 함께 수록된 이 사자성어 수첩은 한국 젊은이는 물론 중국 노년층에도 필요할 것입니다. 우리나라는 한자를 배격하면서도 한자 굴레를 벗어나지 못하고 있습니다. 중국을 알고 진출하려면 간자를 알아야 합니다.

이미 사자성어 수첩을 발행하여 서점에 배포한 상태입니다만 여기에 지면을 할애하여 올립니다. 자투리시간에 이 '울타리'를 통하여 한자 지식을 넓히고 울타리글벗이 되시기를 바랍니다.(발행인)

ㄱ

呵呵大笑 가 가 대 소	소리를 크게 내어 웃음.	呵呵大笑
街談巷説 가 담 항 설	거리의 뜬소문.	街谈巷说
街童走卒 가 동 주 졸	길에서 노는 철없는 아이. 주견 없이 거리를 떠돌아 다니는 하류배.	街童走卒
苛斂誅求 가 렴 주 구	세금을 가혹하게 징수 함.	苛敛诛求

艱難辛苦	온갖 고초를 겪음.
간 난 신 고	艰难辛苦

刻骨難忘	은혜가 뼈에 새겨져 잊지 못함.
각 골 난 망	刻骨难忘

佳人薄命	용모가 아름다운 여자는 대개 운명이 기구함.
가 인 박 명	佳人薄命

家諭戶說	집집마다 깨우쳐 알아듣게 말함.
가 유 호 세	家谕户说

刻舟求劍	떠가는 배에서 칼을 떨어뜨리고 그 자리에 표시를 하였다가 배가 정박한 뒤에 표한 자리에서 칼을 찾는다. 미련하고 융통성이 없음을 비유.
각 주 구 검	刻舟求劍

肝膽相照	서로 속마음을 터놓고 가까이 사귐. 서로 마음이 통함.
간 담 상 조	肝胆相照

竿頭之勢 간 두 지 세	어려움이 극도에 달하여 꼼짝 못하게 됨. 대 바지랑대 끝에 선 것 같음. 竿头之势
刻骨痛恨 각 골 통 한	원한이 뼈에 사무쳐 잊히지 않아 크게 한탄함. 刻骨痛恨
間於齊楚 간 어 제 초	약자가 강자 틈에 끼어 괴롬을 당함. 间於齐楚
看雲步月 간 운 보 월	객지에서 고향 생각을 하고 달밤에 구름을 바라보며거님.　看云步月
渴而穿井 갈 이 천 정	목이 말라야 우물을 팜. 미리 준비하지 않고 임박하여 급히 하면 때가 늦어서 되지 않음 渴而穿井
感慨無量 감 개 무 량	지나간 일이나 자취에 대해 느끼는 회포가 한량없이 깊고 큼. 感慨无量

甘言利説
감 언 이 설

남의 비위를 맞추는 달콤한 말과 이로운 조건만 들어 그럴 듯하게 꾀는 말.　　　甘言利説

敢言之地
감 언 지 지

거리낌 없이 말할 만한 자리나 처지.　　　敢言之地

感之德之
감 지 덕 지

감사하게 생각하고 덕으로 생각함.　　　感之德之

甘呑苦吐
감 탄 고 토

달면 삼키고 쓰면 뱉음. 신의를 저버리고 욕심을 부림.
　　　甘呑苦吐

甲男乙女
갑 남 을 녀

신분도 이름도 알려지지 않은 평범한 사람.　　　甲男乙女

甲論乙駁
갑 론 을 박

서로 논란하고 반박하는 일.
　　　甲论乙駁

康衢煙月
강 구 연 월

태평한 시대 큰 길거리의 아름다운 풍경.　　　康衢烟月

居安思危 거 안 사 위	편안할 때에도 닥칠지 모를 위태로움을 생각하며 정신을 가다듬음. 居安思危
剛木水生 강 목 수 생	마른나무에서 물을 짬. 어려운 사람에게 없는 것을 내라고 억지를 부리며 강요함의 비유. 剛木水生
客窓寒燈 객 창 한 등	나그네의 숙소 창가에 비치는 싸늘한 등불. 즉 나그네의 외로운 신세를 비유. 客窗寒灯
去頭截尾 거 두 절 미	앞뒤의 사설을 빼고 요점만 말함. 去头截尾
改過遷善 개 과 천 선	지나간 허물을 고치고 착하게 됨. 改过迁善

〈2권에 계속〉

외국어 한 마디

영어

우리말	영 어	발 음
나, 저	I me	아이 미
너, 당신	you	유
우리	we (우리가, 는) us (우리를)	위 었스
안녕하세요?	how are you?	하우알유
감사합니다	Thank you	땡큐
대단히 감사합니다	Thank you very much	땡큐 베리마치
무엇을 도와 드릴까요?	how can I help you?	하우 캔 아 이 헬프유?
미안합니다	Sorry	쏘리
대단히 미안합니다	very Sorry	베리 쏘리
이것이 무엇입니까?	What is this?	왓 이즈 디스?
그것은 책입니다	That is a book	댓 이즈 어 북

일어

우리말	일본어	발음
나, 저	私(わたし)	와다시
너, 당신	あなた	아나따
우리	私たち	와다시다찌
안녕하세요? (저녁)	こんにちは	콘니찌와
감사합니다	ありがとうございます	아리가또우 고자이마스
대단히 감사합니다	どうもありがとう	도우모아리 가도우
무엇을 도와드릴까요?	何をてつだってあげましょうか	나니오테쯔 닷떼아게마 쇼우까
미안합니다	すみません	스미마셍
예	はい	하이
아니오	いいえ	이이에
이것이 무엇입니까?	これが何ですか	고레가난데 스까
무슨 일이오?	何があったんですか	나니가앗딴 데스까

중국어

우리말	중국어	발음
나, 저	我	워
너, 당신	你	니
우리	我们	워먼
안녕하세요?	你好吗?	니 하오마?
감사합니다	谢谢你	시에시에 니
대단히 감사합니다	非常 感谢你	페이창 간시에니
무엇을 도와드릴까요?	我怎么帮你?	워전마빵니?
미안합니다	对不起	뚜이 부치
예	是	스
아니오	不是	부스
이것이 무엇입니까?	这是什么?	쩌스 선머?
무슨일입니까?	发生了什么?	빠싱러선머

재미로 한 마디씩 외워 보세요. 다음 호에는 다른 말

탈무드격언

* 인간은 마음 가까이에 아내가 있고 동물은 마음
  으로부터 먼 곳에 아내가 있다.
  이것이 사람과 동물이 다른 점이다.
* 자기 잘못을 깨닫고 반성하는 사람이 서 있는 땅
  은 훌륭한 랍비가 서 있는 땅보다 존귀하다.
* 그대가 잃어버린 자신을 찾는 순간에 그대는 축
  복받은 땅의 주인이 되는 것이다.
 * 하나님이 말했다.
  내게 아이 넷이 있다.
  또 네게도 아이 넷이 있다
  네 아이들은 아들과 딸과 남종과 여종이고
  내 아이들은 미망인과 고아와 이방인과 사제이
다
  나는 네 아이들을 돌보아주겠다
  너는 내 아이들을 돌보아다오.
* 거짓말쟁이에게 주어지는 큰 벌은 그가 진실을
  말할 때도 남들이 믿어주지 않는 것이다.
  당신의 말이 돈의 신용만큼 인정받을 때
  당신은 세상에 살 가치가 있는 것이다.
* 배운 것을 복습하는 것은 외우기 위함이 아니다.